RIEMANN & GOELZER

LA PREMIÈRE GRAMMAIRE

LATINE

Livre du Maître

Librairie Armand Colin

5, rue de Mézières, Paris.

Prix 1 fr. 25

LA PREMIÈRE GRAMMAIRE

LATINE

THÉORIE ET EXERCICES
THÈMES ET VERSIONS — EXERCICES DE MÉMOIRE
LEXIQUES LATIN-FRANÇAIS ET FRANÇAIS-LATIN

PAR MM.

Othon RIEMANN & **Henri GOELZER**

Maître de conférences
à l'École normale supérieure.

Maître de conférences
à l'École normale supérieure.

Livre du Maître

PAR

M. Jules BARBIER

Professeur au collège de Compiègne.

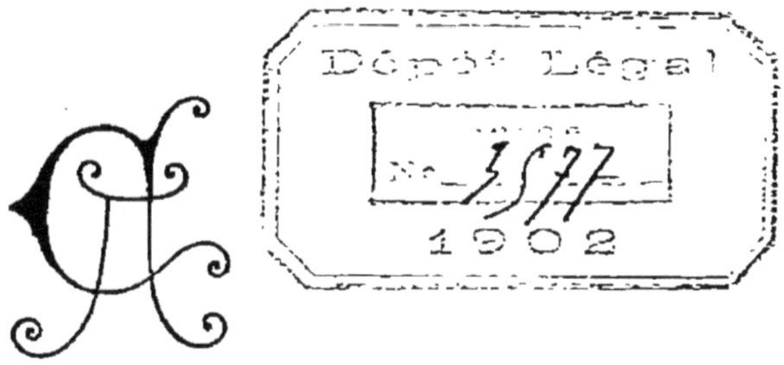

LIBRAIRIE ARMAND COLIN

5, RUE DE MÉZIÈRES, PARIS

—

1902

LA

PREMIÈRE GRAMMAIRE LATINE

Livre du Maître

NOTIONS PRÉLIMINAIRES

[Élève, p. 7]   **1. Exercice d'accentuation.**

Núntĭus. — Clamábat. — Fílĭis. — Amávit. — Vincŭla.
Envoyé.   Il criait   Aux fils.   Il aima.   Liens.

— Cónjĭcit. — Regnábit. — Solitúdĭnes. — Societátem
Il jette.   Il régnera.   Déserts.   Société.

— Spectácŭlum. — Vídĕo. — Bellóna. — Vúlnĕra.
Spectacle.   Je vois.   Bellone.   Blessures.

Formíca. — Tábŭla. — Natúra. — Ridícŭlus. — Exspíro.
Fourmi.   Planche.   Nature.   Risible.   J'expire.

— Plorábunt. — Gládĭus. — Provocábat. — Próvŏcat. —
Ils pleureront.   Épée.   Il provoquait.   Il provoque.

[Élève, p 8]   **2. Exercice d'accentuation.**

Legátus. — Repétĕre. — Póstŭlat. — Terrórem. —
Lieutenant.   Réclamer.   Il demande.   Terreur.

Lápĭdes. — Senectúte. — Animálĭa. — Vénĭunt. —
Pierres.   Par la vieillesse.   Animaux.   Ils viennent.

Jacére. — Jácĕre. — Adoráre. — Cadávĕra. — Prehéndĕre.
Être couché. Jeter.   Adorer.   Cadavres.   Saisir.

Milĭtes. — Milítĭbus. — Habuérunt. — Habúĕrant.
Soldats.   Aux soldats.   Ils ont eu.   Ils avaient eu.

ÉTUDE DES FORMES

CHAPITRE PREMIER

LE SUBSTANTIF ET L'ADJECTIF. — DÉCLINAISONS

[Élève, p. 10]   **3. Exercice oral.**

(Ne comporte pas de corrigé.)

[Élève, p. 11]   **4. Exercice oral.**

(Ne comporte pas de corrigé.)

[Élève, p. 11]   **5. Exercice oral.**

1° Analysez les mots suivants :

terram,	terre,	est l'acc. sing. de	*terra,*	subst. fém.
naturā,	par la nature,	est l'abl. sing. de	*natura,*	subst. fém.
stellarum	des étoiles,	est le gén. pl. de	*stella,*	subst. fém.
umbras,	ombres,	est l'acc. pl. de	*umbra,*	subst. fém.
scholam,	école,	est l'acc. sing. de	*schola,*	subst. fém.
columbarum,	des colombes,	est le gén. pl. de	*columba,*	subst. fém.
noctuă,	chouette,	est le nom. sing. de	*noctua,*	subst. fém.
poetarum,	des poètes,	est le gén. pl. de	*poeta.*	subst. masc.
vitam,	vie,	est l'acc. sing. de	*vita,*	subst. fém.

2° Dites, pour chaque mot, les différents cas auxquels correspond sa forme et traduisez.

natura.	nom. voc. abl. sing.		la nature, nature, par la nature.
lunæ.	gén. dat. sing.; nom. voc. pl.		de la lune, à la lune, les lunes, lunes.
silvæ.	—	id. — ...	de la forêt, à la forêt, les forêts, forêts.
poetis.	dat. abl. pl.		aux poètes, par les poètes.
violis.	id.		aux violettes, par les violettes.
schola.	nom. voc. abl. sing.		l'école, école, par l'école.

columbæ. gén. dat. sing.; nom. voc. pl. de la colombe, à la colombe, les colombes, colombes.

. . . . aux étoiles, par les étoiles.

voc. abl. sing. . . . . . la vie, vie, par la vie.

dat. abl. pl. . . . . aux alouettes, par les alouettes.

noctuæ. gén. dat. sing.; nom. voc. pl. de la chouette, à la chouette, les chouettes, chouettes.

poetæ. — id. — ... du poète, au poète, les poètes, poètes.

[Élève, p. 11] **6. Exercice oral.**

aquæ (gén.). lusciniis (abl.). agricolis (dat.).
o naturā! noctuarum. stellæ (dat.).
terræ (dat.). alaudā. o poetā!

[Élève, p. 12] **7. Exercice oral.**

lunam. violæ. mensæ. nautæ.
stellæ. talparum. vitam. violis.
silvarum. formicæ. scholā. umbris.
umbrā. scholam. terras.

[Élève, p. 12] **8. Exercice oral.**

(Ne comporte pas de corrigé.)

[Élève, p. 12] **9. Exercice oral** (RÈGLE 24).

La colombe *est* caressante. La terre est grande.
La vie est périssable. La forêt est épaisse.
La chouette est triste. L'alouette est joyeuse.

[Élève, p. 13] **10. Exercice** (RÈGLES 25-30).

1. Lusciniæ *sunt in* silva. — **2.** Luscinia *sedebat in* tilia. — **3.** In silva, *vidi* multas violas. — **4.** Obscuræ silvæ *operiebant* Galliam. — **5.** Vaccæ *depascuntur* herbam silvæ. — **6.** *Amo* ripas Sequanæ. — **7.** Agricola *duxit* vaccas in silvam. — **8.** Ripæ Sequanæ sunt amœnæ. — **9.** Raræ stellæ *lucebant.* — **10.** *Audivi* lusciniam. — **11.** Umbræ silvarum sunt densæ. — **12.** Stellæ *monstrant* viam nautis.

[Élève, p. 14] **11. Exercice de récapitulation** (RÈGLE 31).

1. Les richesses *sont* périssables. — 2. Les vraies amitiés sont rares *et* précieuses. — 3. Les eaux *couvraient* la terre. — 4. La victoire de Sparte et la ruine d'Athènes *furent* funestes à la Grèce. — 5. *J'aime* la vie des laboureurs. — 6. *Dans* les forêts l'ombre est épaisse. — 7. Les taupes *fouillent* la terre. — 8. La lune *chasse* les ombres. — 9. La vie des laboureurs *est* une maîtresse (une école) de tempérance et de sagesse. — 10. Les filles du laboureur *donnèrent* aux jeunes filles de blanches colombes. — 11. La reine *dit* aux jeunes filles : « *J'aime* les roses ; *faisons* une couronne de roses. » — 12. La cigale *était* la voisine de la fourmi. — 13. Les servantes *ne sont pas* actives. — 14. La fille du laboureur *était* empressée. — 15. La vie de la cigale était triste.

[Élève, p. 14]   **QUESTIONNAIRE**

(Les numéros renvoient aux phrases de l'exercice précédent.)

1. *Caducæ* est au nom. fém. pl. — 2. *Veræ* est au nom. fém. pl. comme adj. se rapportant à *amicitiæ*. — *Amicitiæ* est au nom. comme sujet de *sunt*. — *Raræ* et *pretiosæ* sont au nom. comme attributs de *amicitiæ*. — 3. *Terram* est à l'acc. comme complément direct de *operiebant*. — 6. *Silvis* est à l'abl. comme dépendant de la préposit. *in*. — 10. *Puellis* est au dat. comme compl. ind. du verbe *dederunt*. — 11. *Rosaceam* est à l'accus. comme adjectif qualifiant *coronam*. — 12. *Formicæ* est au génitif comme complément du substantif *vicina*.

[Élève, p. 15] **12. Exercice de récapitulation.**

1. Formica *est* industria. — 2. Cicadæ *non sunt* sedulæ. — 3. Violæ terram *operiebant*. — 4. Agricolæ filiæ *dederunt* puellis coronam. — 5. Pretiosa est amicitia. — 6. Industriæ ancillæ *sunt* raræ. — 7. Pigritia agricolis funesta est. — 8. Formica magistra est parsimoniæ. — 9. Spartæ divitiæ *erant* raræ. — 10. Agricolæ albas *habent* columbas. — 11. Jucundæ sunt umbræ silvæ. — 12. Densas sylvarum umbras *amo*. — 13. Regina *habet* aulam, ancillas, divitias. — 14. Scythiæ incolæ sagittis *utebantur*. — 15. Filiæ agricolæ rosas et coronas *habent*.

[Élève, p. 15]   **QUESTIONNAIRE**

(Les numéros renvoient aux phrases de l'exercice précédent.)

1. *Formica*, au nominatif, comme sujet du verbe *est*. — 6. *Famulæ* est au nominatif parce qu'il est sujet du verbe *sunt*. — 10. Par *albas columbas*, à l'accusatif, comme complément direct du verbe *habent*. — 12. Au génitif, comme complément du substanti *umbras*.

Élève, p. 17]   **13. Exercice oral.**

(Ne comporte pas de corrigé.)

Elève, p. 17]   **14. Exercice oral.**

(Ne comporte pas de corrigé.)

Élève, p. 17]   **15. Exercice oral.**

1° (Ne comporte pas de corrigé.)
2° De quel genre sont *fāgus?* (fém.); — *ulmus?* (fém.); *pōpulus?* (fém.).
3° Magna fagus. — Ulmus densa. — Alta populus.

[Élève, p. 17]   **16. Exercice.**

1. Rivi *transcurrunt* campum. — 2. Antiquas fagos *in* silva *vidi*. — 3. Corvorum turba *vastabat agros* agricolæ. — 4. Densæ fagi viam *prætexunt*. — 5. Dominus villæ albos *vendidit* tauros. — 6. Immensi campi *ante nostros* oculos *patebant*. — 7. *Hic* parvus rivus magnos *rigat* hortos. — 8. *Vidi* lupos *in* campo. — 9. Oculi luporum *in* umbra *lucebant*. — 10. Bonos servos *habebat hic* dominus.

[Élève, p. 18]   **17. Exercice oral.**

(Ne comporte pas de corrigé.)

[Élève, p. 18]   **18. Exercice oral.**

(Ne comporte pas de corrigé.)

[Élève, p. 19]   **19. Exercice oral.**

(Ne comporte pas de corrigé.)

[Élève, p. 20]   **20. Exercice oral.**

(Ne comporte pas de corrigé.)

[Élève, p. 20]   **21. Exercice oral.**

(Ne comporte pas de corrigé.)

[Élève, p. 21]   **22. Exercice.**

1. Le maître *a* des élèves travailleurs. — **2.** Les livres *sont vraiment* des maîtres. — **3.** *J'ai vu dans* la forêt d'affreux sangliers. — **4.** Dans mon livre j'ai vu de beaux exemples de sagesse et de justice. — **5.** Le maître *a donné* aux élèves de belles récompenses. — **6.** *Cet* élève *a* de très beaux livres (des livres précieux). — **7.** *J'admire* l'habileté des artisans. — **8.** Antoine *a reçu* du beau-père de notre maître un beau couteau. — **9.** Beaucoup d'ouvriers *chômaient.* — **10.** Lucrèce *se tua* avec un couteau (d'un coup de couteau). — **11.** Le professeur *loue* les élèves travailleurs; *il blâme* les paresseux. — **12.** De malheureuses femmes (les femmes malheureuses) *implorent* le secours des hommes.

[Élève, p. 21]   **23. Exercice** (*cf.* RÈGLE 37).

1. Via plena *erat* fabrorum. — **2.** Vilicus genero *dedit* sedulos famulos. — **3.** Magister noster libros *accepit* eximios. — **4.** Pigros discipulos *vitupero, inquit* magister; impigres *laudo.* — **5.** Eximii libri *ab hoc* servo *deleti sunt.* — **6.** *Displicebant* arbitro adversarii nostri responsa. — **7.** Multi apri campum *transierunt.* — **8.** Libri magistri *sunt* prudentiæ et scientiæ. — **9.** Pulchrum *amisi* cultrum. — **10.** Arbitri sententia nostros *offendit* adversarios. — **11.** Antoni, librum *da* Petro. — **12.** *Mi* fili, impiger *es.* — **13.** *A* gratis discipulis magistro *datum est* hoc donum.

[Élève, p. 22]   **24. Exercice.**

Récapitulation des deux premières déclinaisons.

1. Les combats *sont* funestes. — **2.** La joie de l'élève est grande. — **3.** Les rives du fleuve sont pittoresques. — **4.** Les bons maîtres *sont aimés* par les esclaves. — **5.** Les bons élèves *procurent* de grandes joies aux professeurs. — **6.** A

Rome, les bons esclaves *étaient* rares. — 7. La bataille *fut* longue. — 8. A Corinthe, les temples étaient magnifiques. — 9. *Ces* vignes *donnent* de rares raisins. — 10. Les hêtres de la forêt sont hauts. — 11. Les longues guerres sont incertaines. — 12. La joie des enfants *était* grande. — 13. *Mon* fils, *évite* les mauvais livres. _

[Élève, p. 22]   **25. Exercice.**

—**Récapitulation des deux premières déclinaisons.**

1. Infinitus est stellarum numerus. — 2. Discipuli magnas *habent* mensas. — 3. Equi albi *sunt* pulchri. — 4. Albæ populi *ornant* ripas rivi. — 5. Bone magister, sedulo discipulo *da* præmium. — 6. Sedulos discipulos bonus *habet* dominus. — 7. Romæ servi *erant* miseri. — 8. Ave, pecuniam *da* ancillæ. — 9. Lugduni *fluit* pulcher fluvius. — 10. Piratarum doli vani *fuerunt*. — 11. Silva densas *habet* ulmos. — 12. Vilicæ donum *dedi*. — 13. Equus collum *habet* longum.

[Élève, p. 24]   **26. Exercice oral.**

(Ne comporte pas de corrigé.)

[Élève, p. 25]   **27. Exercice oral.**

(Ne comporte pas de corrigé.)

[Élève, p. 26]   **28. Exercice oral.**

Terribilis pestis (terrible fléau); terribili peste. — Mollis pellis (peau douce au toucher); molli pelle. — Vestis tristis (costume sombre); veste tristi. — Gracilis vitis (vigne grêle); gracili vite. — Civis utilis (citoyen utile); cive utili. — Hostis debilis (ennemi faible); hoste debili.

[Élève, p. 26]   **29. Exercice oral.**

(Ne comporte pas de corrigé.)

[Élève, p. 26]   **30. Exercice oral.**

(Ne comporte pas de corrigé.)

1.

[Élève, p. 26]   **31. Exercice oral.**

(Ne comporte pas de corrigé.)

[Élève, p. 27]   **32. Exercice.**

1. Les oiseaux *aiment* les rives des fleuves. — 2. Les flottes *traversent* les mers. — 3. Les brebis *paissent* les herbes des vallées. — 4. Le vêtement des soldats *était* sale. — 5. Le (un) professeur *aime* les (des) enfants dociles. — 6. Les mois et les années *paraissent* courts aux élèves travailleurs. — 7. Les enfants débiles (chétifs) *mènent* une triste vie (C'est une triste vie que mènent les enfants chétifs). — 8. Les filets *étaient* légers. — 9. Le mensonge est honteux. — 10. Un vent violent *a brisé* le vaisseau. — 11. *J'ai donné* à un ami (à mon ami) la peau d'une brebis noire.

[Élève, p. 27]   **33. Exercice.**

1. Gallia pulchros *habet* amnes. — 2. Magni pisces *in* mari *vivunt*. — 3. Aves magnæ validos ungues *habent*. — 4. Romanorum gladii *erant* breves. — 5. Vitium deus Bacchus *erat*. — 6. Magni imbres humum vallium *diluunt*. — 7. Parvæ lintres *secant* fluvium. — 8. Magnus *erat* lintrium numerus. — 9. Vallium herba *est* densa. — 10. Corinthi *erat* nobile templum. — 11. Agrorum vita tristis *videtur* urbano.

[Élève, p. 28]   **34. Exercice.**

1o 1. La peau des chiens *était* luisante. — 2. Les cœurs des guerriers *étaient* intrépides. — 3. Les âmes des pères *sont* bienveillantes. — 4. *Ces* jeunes garçons *ont* des mères indulgentes. — 5. Le vaisseau *a* une poupe élevée. — 6. L'eau *chasse* la soif. — 7. De hautes tours *s'élevaient dans* la vallée.

2o 1. Faciles patres *habent hi* discipuli. — 2. Matrum indulgentia est infinita. — 3. Aqua frigida sitim *sedat*. — 4. Fortium juvenum magnum *vidi* numerum. — 5. Navis puppim vidi. — 6. Pueri turrim *uidebant*. — 7. Canes *habeo*. — 8. Ungues canum *sunt* validi.

[Élève, p. 29]   **35. Exercice.**

1. Les guerriers *mouraient* de soif. — **2.** Les Barbares *dévastèrent* l'Italie par le fer et le feu (mirent l'Italie à feu et à sang). — **3.** Une troupe (une meute) de chiens agiles *chassait* un (le) cerf. — **4.** *Mon* père *est épuisé* par la toux. — **5.** Le tyran Denys *haranguait le peuple du haut* d'une tour élevée (du haut d'une tour). — **6.** Du haut de la poupe les matelots *lançaient* du feu *sur* les vaisseaux des ennemis (les vaisseaux ennemis). — **7.** La joie des pères et des mères était grande. — **8.** *J'ai vu* la (une) vieille tour dans la (une) vallée.

[Élève, p. 29]   **36. Exercice.**

1. Velocium canum turbam *vidi*. — **2.** Canes siti *peribant*. — **3.** Ex alta turri vidi pulchras vallium populos. — **4.** Romani magnam turrim *in* valle *erigebant*. — **5.** Vetusta populus siti *conficitur*. — **6.** Nubes ventus *agebat ad* mare. — **7.** Febri conficitur agricola. — **8.** Securi nauta malum *cædit*. — **9.** Ira patrum *erat* magna. — **10.** Lætitia matrum *fuit* brevis. — **11.** Hostium copiæ vallem igni et ferro *vastaverunt*.

[Élève, p. 31]   **37. Exercice.**

Masculins.

Adŭlescens, *jeune homme* (ădŭlescentis) ; — dens, *dent* (dentis) ; — fons, *source* (fontis) ; — mons, *montagne* (montis) ; — pons, *pont* (pontis) ; — serpens, *serpent* (serpentis).

Féminins.

Frons, *front* (frontis) ; — frons, *feuillage* (frondis) ; — gens, *nation* (gentis) ; — mens, *esprit* (mentis) ; — mors, *mort* (mortis) ; — nox, *nuit* (noctis).

(La déclinaison de ces noms ne comporte pas de corrigé.)

[Élève, p. 31]   **38. Exercice.**

(Ne comporte pas de corrigé.)

[Élève, p. 31]   **39. Exercice.**

1. Toutes les intelligences *ne sont pas* égales. — **2.** Des guerres terribles *désolèrent* la Gaule. — **3.** La joie des

heureuses mères *était* agréable à tous (à tout le monde). —
4. La vie des laboureurs riches est heureuse. — 5. Les
joies du petit enfant (de l'enfant au berceau) sont simples.
— 6. Les eaux des sources sont pures. — 7. Les fontaines
limpides *chassent* la soif du laboureur. — 8. Les laboureurs
ornaient le front de leurs chevaux d'un vert feuillage. —
9. Les remparts des citadelles sont solides. — 10. La mort
est la fin de tous les maux. — 11. Le père *recommande* à
son fils la vie des hommes distingués. — 12. Le père *confia*
à son frère la dot de ses filles.

[Élève, p. 31]   **40. Exercice.**

1. *Ex* fontibus montium *oriuntur* amnes vallium. — 2.
Marius mœnium turres pontibus *conjunxit.* — 3. Intervalla
erant paria. — 4. Eloquentium virorum gloria *movet* animos
adulescentium. — 5. Constans est *adversus* pericula sapientis animus. — 6. Audaces hostes *scalis invaserunt in* mœnia
et turres urbis. — 7. Audacium piratarum *manus* omnes
vallis urbes ferro et igni *vastavit.* — 8. Sapientes homines
fugiunt divitiarum incommoda.

[Élève, p. 33]   **41. Exercice.**

(Ne comporte pas de corrigé.)

[Élève, p. 33]   **42. Exercice.**

(Ne comporte pas de corrigé.)

[Élève, p. 34]   **43. Exercice.**

(Ne comporte pas de corrigé.)

[Élève, p. 34]   **44. Version.**

L'ANE *revêtu* DE LA PEAU DU LION

Un âne revêtu de la peau d'un lion *courait à travers*
champs. *Ce* spectacle *trouble* les bêtes et *effraie* les hommes
(les gens). Femmes et enfants *fuient ; frappés* de terreur,
les cultivateurs *se dispersent.* Mais *tout à coup* une oreille
énorme. *qui avait été longtemps cachée, se montre* et *découvre*
la tourberie, *annonçant* un faux lion. *Alors* tous les paysans

rient (se mettent à rire) et *armés* de bâtons *se précipitent* sur l'âne. *Bientôt ils le dépouillent* de la peau et le *ramènent dans* (à) l'étable.

[Élève, p. 35] **45. Exercice.**

(Ne comporte pas de corrigé.)

[Élève, p. 35] **46. Exercice.**

(Ne comporte pas de corrig⸳.)

[Élève, p. 36] **47. Exercice.**

Traduisez et analysez les formes suivantes, en indiquant chaque fois le nominatif et le génitif singuliers du substantif ou de l'adjectif et le genre du substantif.

Pecudi,	à la bête du troupeau,	dat. sing.	pecus, udis,	f.
Segete,	par la moisson,	abl. sing.	seges, etis,	f.
Arietem,	le bélier,	acc. sing.	aries, ietis,	m.
Pedibus,	aux pieds *ou* par les pieds,	dat. *ou* abl. pl.	pes, pedis,	m.
Custodum,	des gardiens,	gén. pl.	custos, odis,	m.
Sanguine,	par le sang,	abl. sing.	sanguis, guinis,	m.
Mercedum,	des salaires,	gén. pl.	merces, edis,	f.
Ancipitem.	incertain,	acc. m. ou f.	anceps, ancipitis,	
Lapidi,	à la pierre,	dat. sing.	lapis, idis,	m.
Formidini,	à la terreur,	dat. sing.	formido, inis,	f.
Prædonum,	des brigands	gén. pl.	prædo, onis,	m.
Regionibus,	aux *ou* par les pays,	dat. ou abl. pl.	regio, ionis,	f.
Sermonis,	de l'entretien,	gén. sing.	sermo, onis,	m.
Flumina,	les fleuves *ou* fleuves,	nom. voc. acc. pl.	flumen, inis,	n.
Obsidibus,	aux *ou* par les otages,	dat. ou abl. pl.	obses, obsidis,	m.
Aucupi,	à l'oiseleur,	dat. sing.	auceps, aucupis,	m.
Parietes,	les murailles *ou* murailles,	nom. voc. acc. pl.	paries, ietis,	m.
Cæspiti,	à la motte de gazon,	dat. sing.	cæspes, itis,	m.
Carminum,	des œuvres poétiques,	gén. pl.	carmen, inis,	n.
Femoris,	de la cuisse,	gén. sing.	femur, oris,	n.

Pecore,	par le troupeau,	abl. sing.	pecus, oris, n.
Militi,	au soldat,	dat. sing.	miles, itis, m.
Hospitibus,	aux *ou* par les hôtes,	dat. ou abl. pl.	hospes, itis, m.
Agmine,	par l'armée en marche,	abl. sing.	agmen, inis, n.
Equitem,	le cavalier,	acc. sing.	eques, equitis, m.
Civitatibus,	aux *ou* par les états,	dat. ou abl. pl.	civitas, atis, f.
Voraginis,	du gouffre,	gén. sing.	vorago, ginis, f.
Præcipitibus,	qui tombent la tête la première,	dat. ou abl. pl. des 3 genres.	præceps, cipitis,
Opificibus,	aux *ou* par les ouvriers,	dat. ou abl. pl.	opifex, ficis, m.
Virtutem,	la vertu,	acc. sing.	virtus, tutis, f.
Cineres,	les cendres *ou* cendres,	nom. voc. acc.	cinis, eris, m.
Quietem,	le repos,	acc. sing.	quies, quietis, f.
Artifici,	à l'artisan,	dat. sing.	artifex, ficis, m.
Tramite,	par le chemin de traverse,	abl. sing.	trames, mitis, m.
Judicum,	des juges,	gén. pl.	judex, dicis, m.
Pulverem.	la poussière,	acc. sing.	pulvis, veris, m.
Floris,	de la fleur,	gén. sing.	flos, floris, m.
Nomina,	les noms *ou* noms,	nom. voc. acc. pl.	nomen, inis, n.
Gurgiti,	au gouffre,	dat. sing.	gurges, gitis, m.
Ære,	par l'airain,	abl. sing.	æs, æris, n.
Cassides,	les casques *ou* casques,	nom. voc. acc. pl.	cassis, idis, f.
Præsidis,	qui préside,	gén. sing. 3 g.	præses, sidis,
Jure,	par le droit;	abl. sing.	jus, juris, n.
Capitum,	des têtes,	gén. pl.	caput, pitis, n.
Abiete,	par le sapin,	abl. sing.	abies, abietis, f.
Popliti,	au jarret,	dat. sing.	poples, plitis. m.
Remiges,	les rameurs *ou* rameurs,	nom. voc. acc. pl.	remex, migis, m.
Superstitis,	qui survit,	gén. sing. 3 g.	superstes, titis,
Desides,	oisifs,	nom. voc. acc. m. ou f. pl.	deses, sidis,

[Élève, p. 36]   **48. Exercice.**

1. Le temps *modifie* le caractère. — **2.** Le corps des soldats *frissonnait* de froid. — **3.** Le général des ennemis (ennemi) *était atteint* d'une blessure grave. — **4.** Les anciens Romains *augmentaient* leur fortune par la culture des champs et le prêt à intérêt. — 5. Le général en chef *apprit* les brillants exploits des soldats par un rapport du centurion. — 6. Les droits de tous les citoyens sont égaux. — 7. *Au printemps* les campagnes *brillent* de fleurs nouvelles. — 8. Les froids de l'hiver *font geler* les fontaines et les fleuves. — 9. Le chasseur *a fait sortir* un lièvre *hors de* son gîte (a fait lever un lièvre du gîte). — 10. Les maladies sont les fardeaux ordinaires de la vieillesse.

[Élève, p. 37] **49. Exercice.**

1. Les laboureurs pauvres *mènent* une triste vieillesse. — 2. L'homme jeune *aime* les plaisirs, le vieillard aime le repos. — 3. La violence du fleuve *a emporté* les moissons. — 4. Les fantassins *marchaient* les premiers (en tête). — 5. L'homme est un animal raisonnable. — 6. Jupiter *était* le père des dieux. — 7. Les femmes *apaisèrent* la colère de l'ennemi par des paroles. — 8. Le bœuf est l'aide nécessaire du cultivateur. — 9. Les soldats *étaient restés* oisifs *dans* la ville. — 10. La chair du taureau est dure. — 11. La marche *était* pénible (la route était difficile). — 12. La vie des hommes riches est *souvent* malheureuse.

[Élève, p. 37] **50. Exercice.**

1. Morbus *immutat* hominum mores. — 2. Priscorum temporum homines vitam *agebant* duram et difficilem. — 3. Senes omnibus morborum generibus sunt obnoxii. — 4. Hiemis frigora horti omnes flores et omnia olera *corruperunt*. — 5. Damnosa fœdera bella *conficiunt* infelicia. — 6. Infirma est senum valetudo. — 7. Cælum *ardebat* fulguribus. — 8. Duri ruris labores vires agricolæ *exhauriunt*. — 9. Boum mira est patientia. — 10. Itinera Cæsaris rapida erant.

[Élève, p. 37] **51. Version.**

PAPIRIUS CURSOR.

Le consul Papirius Cursor *fut non seulement* énergique et brave, *mais encore* facétieux et ami de la plaisanterie. *Se promenant un jour devant* sa tente, *il manda* le préteur *qui*, *à cause de* la peur (par peur), *avait conduit* ses soldats *trop mollement au* combat, et, *après qu'il l'eut gourmandé* par de sévères paroles (après lui avoir adressé de sévères reproches) : « Licteur, *dit-il*, *prépare* les haches » ; et, *comme il avait vu* le préteur (ayant vu le préteur) à demi mort de frayeur : « *Allons*, licteur, dit-il, *coupe cette* racine-*ci* gênante pour les pieds (coupe-moi cette racine qui gêne le passage) », et *il renvoya* le préteur.

[Élève, p. 38]   **52. Exercice.**

(Ne comporte pas de corrigé).

[Élève, p. 39]   **53. Exercice.**

1° **1.** Les chambres à coucher de nos maisons *ne sont pas* grandes. — **2.** Les anciens habitants de la terre *habitaient* (se logeaient) *dans* d'horribles cavernes. — **3.** Dans notre maison *sont* (il y a) beaucoup de commodités. — **4.** Les Gaulois *avaient suspendu aux* chênes de la forêt les dépouilles des vaincus. — **5.** Les anciens Romains *habitaient dans* de petites maisons.

2° **1.** Reliquiæ Judæorum exercitus *in* immensis specubus *latebant*. — **2.** Priscarum domorum spatium *non erat* magnum. — **3.** *Ex* ingentibus quercubus *pendebant* hostium cadavera. — **4.** Antiquas majorum nostrorum domos *vidimus*. — **5.** *In* lacubus Helvetiæ pisces *vivunt* delicati. — **6.** Domi tranquilli *sumus*.

[Élève, p. 40]   **54. Exercice.**

(Ne comporte pas de corrigé.)

[Élève, p. 41]   **55. Exercice.**

1. Auguste *était* le maître de toutes choses. — **2.** *Nous sommes souvent trompés* par l'apparence des choses. — **3.** *Rarement* l'espérance *abandonne* l'homme. — **4.** Un soldat *raconta* toute la chose au général. — **5.** Toutes les espérances de la malheureuse mère *furent* vaines. — **6.** Le général *donna* à son armée le signal du combat. — **7.** Tous les êtres vivants *recherchent* la lumière du jour. — **8.** L'armée *avait pris position dans* une immense plaine. — **9.** *Je cherche* la réalité *et non* l'apparence. — **10.** Les hommes *ont imposé* des noms aux choses.

[Élève, p. 41] **56. Exercice.**

1. Speculatorum mendacia falsas spes duci *dederunt*. — 2. Dextrum aciei cornu *in* colle *constiterat*. — 3. Servi Romanorum specie *non* re fideles *erant*. — 4. Horatii Coclitis facinus plus admirationis *habet* quam fidei. — 5. Mentis cæcitas homines *impellit ad* perniciem.

[Élève, p. 41] **57. Version.**

BONS MOTS DE CICÉRON.

Cicéron *était* facétieux et diseur de bons mots, *à tel point qu'il était appelé par* ses ennemis bouffon consulaire (à tel point que ses ennemis l'appelaient le bouffon consulaire). *Comme il avait vu* (ayant vu) son gendre Lentulus, homme de petite taille, *ceint d'*une longue épée : « *Qui a attaché, dit-il*, mon gendre *à* une épée ? »

Un certain jeune homme *qui était accusé d'avoir donné* à son père du poison *dans* un gâteau, *lançait contre* Cicéron des insultes et des injures. *Alors* Cicéron : « *De ta part, dit-il, j'aime mieux* des insultes *qu'*un gâteau. »

CHAPITRE II

L'ADJECTIF

[Élève, p. 42] **58. Exercice.**

1° Quel est le féminin et le neutre des adjectifs suivants ?

Alacer, *joyeux* (alacris, alacre) ; — amens, *insensé* (amens) ; — celeber, *peuplé* (celebris, celebre) ; — creber, *fréquent* (crebra, crebrum) ; — miser, *malheureux* (misera, miserum) ; — tristis, *triste* (tristis, triste) ; — simplex, *simple* (simplex).

2° Quel est le masculin qui correspond aux féminins suivants ?

Arrogans, *arrogante* (arrogans) ; — celeris, *rapide* (celer) ; — sacra, *sacrée* (sacer) ; — palustris, *marécageuse* (palustris ou paluster) ; — suavis, *douce* (suavis) ; — tenera, *tendre* (tener).

[Élève, p. 43] **59. Exercice.**

1. Toutes les belles choses *sont* rares. — 2. Les malheurs *éprouvent* l'homme courageux. — 3. Ceux qui n'avaient pas d'armes *arrachèrent* les armes clouées *dans* les temples. — 4. Le vainqueur irrité *massacra même* les innocents. — 5. Les malades *tuaient* les [gens] bien portants par la contagion de l'épidémie. — 6. Les paysans *abandonnaient* les champs. — 7. Il est glorieux de *mourir pour* la patrie. — 8. La longue durée du mal *diminue* la douleur.

[Élève, p. 43] **60. Exercice.**

1. Præclara *sunt* rara. — 2. Ægri agmen *impediebant*. — 3. Dux pœna *affecit* omnes legionis milites, sontes et insontes. — 4. Severitas parentum et magistrorum malum *non est*. — 5. A falsis vera *secernunt* sapientes. — 6. Pauperes auxilii potentium *indigent*. — 7. Jura infirmorum et potentium sunt paria. — 8. Futura sunt ignota.

[Élève, p. 44] **61. Exercice** (RÈGLE 68).

Carus, *cher* (carior, carissimus). — Dives, *riche* (divitior, divitissimus *ou* ditior, ditissimus). — Ingens, *énorme* (ingentior, ingentissimus). — Longus, *long* (longior, longissimus). — Felix, *heureux* (felicior, felicissimus). — Levis, *léger* (levior, levissimus). — Tristis, *triste* (tristior, tristissimus). — Audax, *audacieux* (audacior, audacissimus). — Dulcis, *doux* (dulcior, dulcissimus). — Sanctus, *saint* (sanctior, sanctissimus). — Velox, *rapide* (velocior, velocissimus). — Sapiens, *sage* (sapientior, sapientissimus). — Locuples, *riche* (locupletior, locupletissimus). — Fallax, *trompeur* (fallacior, fallacissimus). — Simplex, *simple* (simplicior, simplicissimus). — Atrox, *terrible* (atrocior, atrocissimus).

[Élève, p. 45] **62. Exercice.**

Acer, *pénétrant* (acrior). — Alacer, *joyeux* (alacrior). — Ater, *sombre* (atrior). — Celeber, *fréquenté* (celebrior). — Miser, *malheureux* (miserior). — Tener, *tendre* (tenerior). — Celer, *rapide* (celerior). — Pulcher, *beau* (pulchrior).

[Élève, p. 46]   **63. Exercice** (RÈGLE **70**, 1° et 2°).

Acer, *pénétrant* (acerrimus). — Liber, *libre* (liberri-
mus). — Dissimilis, *différent* (dissimillimus). — Difficilis,
difficile (difficillimus), — Utilis, *utile* (utilissimus). — Vilis,
vil (vilissimus).

[Élève, p. 46]   **64. Exercice.**

1. Le couteau est court, l'épée est plus longue. — **2.** Le
jeu est agréable, les affaires (les occupations) sont plus
utiles. — **3.** Le père de mon élève *a* un grand jardin ;
mais le nôtre est plus grand. — **4.** La marche de l'armée *était*
très facile. — **5.** L'homme *triomphe* par la prudence et
l'habileté *des* bêtes les plus farouches et les plus fortes. —
6. La Loire est un fleuve très pittoresque ; elle a de très
belles rives. — **7.** Les blessures du général *étaient* très
graves. — **8.** Le berger *montra* aux voyageurs une très
haute montagne et une très belle vallée. — **9.** Le chant du
rossignol est très agréable. — **10.** Une terrible tempête
avait abattu les arbres les plus hauts (ou de très grands
arbres).

[Élève, p. 47]   **65. Exercice.**

1. Elephantus est maximum animal. — **2.** Equites *erant*
plures. — **3.** Jovis templum maximum *erat ; sed* majus erat
principis palatium. — **4.** Optimi discipuli scholam *reliquerunt.* — **5.** Cautissimi *sunt* gubernatores. — **6.** Pejus est
dedecus *quam* dolor. — **7.** Plurimi equites fluvii ripas
tenebant. — **8.** Adulescentes senibus *dederunt* sedes opti-
mas. — **9.** Magister attentissimos *laudat* discipulos. —
10. Panis est cibus saluberrimus. — **11.** Melior est magistri
valetudo. — **12.** Acutissimos dentes mures *habent.* —
13. Accipiter avis est magna ; *sed* major *etiam* est vultur.—
14. Æquitas est pretiosissima virtus. — **15.** Bestiolæ mini-
mæ maximum arboribus *afferunt* damnum.

[Élève, p. 48]   **66. Exercice.**

1. Aucune chose (rien) n'est plus nécessaire aux hommes
(à l'homme) *que* le travail. — **2.** La glace est glissante,

l'ambition est plus glissante. — 3. L'habileté des ouvriers est grande, *mais* l'art de la nature est plus admirable. — 4. *Je n'ai jamais vu* de général plus remarquable. — 5. *Tu ne trouveras pas* une occasion plus convenable. — 6. Constantin *était* un empereur très pieux. — 7. *Jamais* soldats plus énergiques *ne soutinrent* l'attaque de l'ennemi. — 8. Socrate, par la douceur de son caractère, *calmait* les hommes les plus sujets à la colère.

[Élève, p. 48]   **67. Exercice.**

1. Vita nautarum est maxime casibus obnoxia. — 2. Camelus maxime sobrium est animal. — 3. Labor maxime necessarius est. — 4. Magis lubricæ *sunt* silvæ viæ. — 5. Opera naturæ maxime sunt mira. — 6. Numidarum equitatus *erat* maxime egregius. — 7. *Nunquam vidi* hominem magis pium. — 8. Homines maxime pavori obnoxii magnam fortitudinem *ostenderunt.* — 9. Pretiosa est virtus, *sed* constantia magis *etiam* est necessaria.

[Élève, p. 49]   **68. Exercice.**

1° 1. La plus petite *de ces* deux îles est très fertile. — 2. Le plus audacieux des deux consuls *remporta* la victoire. — 3. Le plus éloquent des deux Gracques *était* Gaïus. — 4. J'ai *vu* la plus jeune des deux sœurs. — 5. Le plus soigneux des deux serviteurs est le plus âgé. — 6. L'aîné des deux frères est léger. — 7. *J'ai reçu deux* lettres *de* mon père ; *je répondrai d'abord* à la première. — 8. Le général en chef *a perdu* la plus grande partie de son armée.

2° 1. Scientia et virtus sunt pretiosissimæ ; *sed* virtus est pretiosior. — 2. Fortior exercitus victoriam *tulit.* — 3. Vinum et aqua *sunt* utilissima ; sed aqua est utilior. — 4. *Elige non* divitiorem sed meliorem *horum* hominum. — 5. Breviorem et tutiorem viam elige. — 6. Gracchorum natu major Tiberius *erat.*

[Élève, p. 49.]   **QUESTIONNAIRE**

1. Melior. — 2. Maxime propinquus. — 3. *Minor* est le comparatif de parvus ; — *maximus,* le superlatif de *magnus ;* — *plures,* le comparatif de *multi.* — 4. A l'aide de l'adverbe *magis.* — 5. A l'aide de l'adverbe *maxime.*

CHAPITRE III

LES NOMS DE NOMBRE

———

[Élève, p. 52.]   **QUESTIONNAIRE**

1. Undetriginta. — **2.** Duodequinquaginta. — **3.** Duodeseptua-
ginta. — **4.** Undeoctoginta. — **5.** Centum undeviginti. — **6.** Unde-
nonaginta.

[Élève, p. 53]   **69. Exercice.**

1° (Ne comporte pas de corrigé).

2° **1.** Le seul souci de Pline *était* l'étude de la science. —
2. Un seul soldat (A lui seul, un soldat) en *tua* plusieurs. —
3. Le sage seul *peut vivre sans* chagrin et [sans] crainte. —
4. Les habitants d'une seule ville *mirent en fuite* une armée
ennemie innombrable.

3° **1.** Mors *erat* una spes saucii militis. — **2.** Una legio totum
exercitum *fugavit*. — **3.** Unus *inter* Gallos Vercingetorix
Cæsarem *vicit*. — **4.** Una tempestas *evertit* anni labores.

[Élève, p. 53]   **QUESTIONNAIRE**

(Les numéros renvoient aux phrases de l'exercice précédent).

1. *Unius* est le génitif singulier des trois genres de *unus*. —
2. *Uni* est le datif singulier des trois genres ou le nominatif masculin pluriel de *unus*. — **3.** *Duo* fait à l'accusatif *duos* ou *duo*,
duas, *duo* et à l'ablatif *duobus*, *duabus*, *duobus*. — **4.** *Ambo*
signifie *les deux ensemble*, ou *les deux à la fois*. — **5.** *Octingenti*
se décline comme *boni*, *bonæ*, *bona*. — **6.** *Octoginta* ne se décline
pas.

[Élève, p. 54]   **70. Exercice.**

1. Une seule galère *coula à fond* trois vaisseaux. — **2.** La
foudre *a abattu* deux arbres à la fois (d'un coup). — **3.** Deux
corbeaux *mettaient en fuite* un épervier. — **4.** Quatre mille

fantassins *traversèrent* le fleuve. — 5. Six mille sept cent cinquante-huit soldats *périrent dans* la bataille. — 6. Mille hommes *occupèrent* la colline. — 7. L'armée ennemie *perdit* trois légions *dans* les défilés et les ravins. — 8. Les éclaireurs *découvrirent* une colonne (un détachement) de mille hommes.

[Élève, p. 54]   **71. Exercice.**

1. Cerberus *habebat* tria capita. — 2. *In* agro *vidi* trium corvorum cadavera.— 3. Accipiter ambos passeres *necavit.*— 4. Quadringenti homines vicum *occupaverunt.* — 5. Centum quadraginta tres pedites collem *ceperunt.* — 6. Equitum quatuor milia *lacessebant* exercitum. — 7. Procella mille arbores *evertit in* silva. — 8. Tres rivi *irrigant* exiguam vallem. — 9. Ambo pastores quingentarum ovium gregem *agebant.* — 10. Annus est spatium dierum trecentorum sexaginta quinque.

[Élève, p. 55]   **72. Version.**

IL FAUT RÉFLÉCHIR AVANT D'AGIR.

Un sot dessein *non seulement* est vain (ne réussit pas), *mais encore* il entraîne les hommes *à* leur perte. Des chiens *virent* une peau d'animal enfoncée *dans* un fleuve (coulée au fond d'un fleuve). Afin de pouvoir la manger (m. à. m. *Laquelle pour qu'ils pussent manger*), *ils se mirent à boire* l'eau. Mais *ils périrent crevés* (ils crevèrent) avant de pouvoir l'atteindre (m. à. m. *avant qu'ils pussent atteindre*).

(Imité de PHÈDRE.)

[Élève, p. 55]   **73. Exercice.**

1. Roma *condita est* anno septingentesimo quinquagesimo quarto *ante* Jesum Christum. — 2. Augustus princeps *ab* anno ante Jesum Christum tricesimo *ad* annum *post* Christum quartum decimum *imperavit.* — 3. Darius tertius *ab* Alexandro *victus est.* — 4. Draco anno sexcentesimo vicesimo uno ante Jesum Christum, Solo quingentesimo nonagesimo quarto leges *dedit* Atheniensibus. — 5. Quintum operis caput gravissimum est. — 6. Longissimum est caput nonum.

CHAPITRE IV

LES PRONOMS — LES ADJECTIFS PRONOMINAUX

[Élève, p. 57]   **74. Exercice.**

1. Moi, je suis zélé ; toi, tu es paresseux. — **2.** Toi, tu es
petit ; lui, il est grand. — **3.** Moi, [qui suis] un homme
inexpérimenté, *je suis harcelé par* un homme rusé. — **4.** *Tu
étais* puissant, *il deviendra* plus puissant. — **5.** La science
des choses futures (de l'avenir) ne nous est pas utile. —
6. Le maître m'*a donné* un beau livre. — **7.** *Suis*-moi. —
8. *Ta* voix me *charme.* — **9.** Le frère du maître est plus grand
que toi. — **10.** Les champs me *plaisent* (La campagne me
plaît). — **11.** Le déshonneur me *paraît* un mal pire que la
douleur. — **12.** Qui d'entre nous *ne chérit pas* sa patrie. —
13. La nature nous *a donné* l'amour de nous (de notre
personne) (de nous-mêmes).

[Élève, p. 58]   **75. Exercice.**

1. Tu es pauper, ego sum dives. — **2.** Eum *amo magis
quam* tu. — **3.** Eum amo magis quam te. — **4.** Petri frater
major est *quam* ego *aut* tu. — **5.** Ego neminem *admiror nisi*
te. — **6.** Majus mihi *videtur* malum pigritia *quam* labor. —
7. Silentium silvarum mihi *placet.* — **8.** Quis nostrum patrem
non amat? — **9.** Funesta mihi *fuerunt* consilia *vestra.* —
10. Petrus *a* me periculum *arcuit.*

[Élève, p. 59]   **76. Exercice** (RÈGLE 82).

1º **1.** L'orgueilleux se *loue.* — **2.** L'homme criminel se
prépare un supplice. — **3.** Le sage éloigne *de* lui l'ennui. —
4. L'oncle maternel de Pierre *est arrivé ; j'irai* le *saluer.* —
5. Les élèves *ont été* soigneux ; le maître leur *a accordé* des
éloges (fait des compliments). — **6.** Les ennemis *assiégeaient*
la place ; le général romain les *mit en fuite.*

2° 1. Amor sui cæcus est. — 2. Superbus sibi molestias *parat.* — 3. Virtus *ad* se nos *allicit.* — 4. *Fugit* voluptas et dolorem *post* se *relinquit.* — 5. Petrus est mæstus : pater eum *objurgavit.* — 6. Brevissima est hominum vita : sæpe tamen eis longa *videtur.*

[Élève, p. 60]   **77. Exercice.**

1. *Nous aimons* nos vallées et nos montagnes. — 2. Ami, j'ai *vu* ta mère. — 3. Mon père, *pardonne* à ton fils. — 4. L'armée ennemie *a ravagé* vos maisons par l'incendie. — 5. Les vertus de nos enfants sont nos ornements (bijoux).— 6. César jeune homme (dans sa jeunesse) *avait dissipé* tout son patrimoine. — 7. Les hommes *voient mieux* les défauts d'autrui que les leurs. — 8. Le bon citoyen *ne sépare pas* ses intérêts *du* bien public. — 9. Les élèves biens nés *aiment* leurs professeurs *autant que* l'étude. — 10. *Fuyez* les flatteurs ; leurs caresses *renferment* (cachent) des pièges. — 11. Curius *méprisa* les richesses des Samnites ; les Samnites *admirèrent* sa pauvreté.

[Élève, p. 61]   **78. Exercice.**

1° (Règle 84). — 1. Amicos *diligimus.* — 2. Matrem *vidit.* — 3. Piger omne tempus *perdit.* — 4. Boni filii *obœdiunt* parentibus. — 5. Periculum timore *metitur* ignavus.

2° (Règle 85). — 6. Romani patriam suam *amabant magis quam* vitam. — 7. Gloriosæ sunt Cæsaris victoriæ; *sed* magis *etiam* mira est ejus clementia. — 8. Rex mortem liberorum *deflevit,* sed major fuit ejus constantia *quam* calamitas. — 9. Alexander Clitum *occidit, sed* illius mortem deflevit.

[Élève, p. 62]   **79. Exercice.**

1° 1. Ce jeune garçon-ci est léger. — 2. Cette jeune fille-ci est laborieuse. — 3. Ce fruit-ci est agréable au goût (d'un goût agréable). — 4. *J'ai reçu de* mon frère la lettre que voici. — 5. La tête de ce cheval-ci est petite. — 6. La fille du laboureur *a donné* à la jeune fille que voici des violettes et des roses. — 7. Cette ville-ci *est ornée* d'édifices magnifiques. — 8. Le temps présent est plus doux que l'ancien temps (Le temps d'aujourd'hui est plus doux que le temps d'autrefois).

2° **1.** Hæc arbor est alta. — **2.** Hic liber est jucundus. — **3.** Hanc arborem procella *dejecit*. — **4.** *In* hoc grege taurus est furens. — **5.** *Non videram* hunc fluvium. — **6.** Harum arborum magna est altitudo. — **7.** Violas *da* his puellis. — **8.** Magister *ab* hoc discipulo *deceptus est*.

[Élève, p. 63] **80. Exercice.**

1° **1.** Cette affaire-là *sera* difficile. — **2.** *Vous voyez* cette ville-là? — **3.** *Donnez*-moi ce livre que voilà. — **4.** *J'aime mieux* cette chose-ci *que* celle-là (ceci que cela). — **5.** La source de ce ruisseau-ci *est située dans* la vallée que voilà. — **6.** Ce mur-ci est plus haut que celui-là. — **7.** *J'aime mieux* des ennemis rigoureux *que* des amis *trop* indulgents : ceux-là *disent souvent* la vérité; ceux-ci *jamais*. — **8.** Le bœuf que voici *s'était enfui :* le bouvier *l'a rattrapé dans* la forêt que voilà. — **9.** Ces choses-ci sont plus difficiles que celles-là.

2° **1.** Illa planities est vasta. — **2** Ille fluvius est altus. — **3** Hoc pomum *edam;* illud sorori *dabo.* — **4.** *In* illo flumine est magnus pons. — **5.** Hoc est difficilius *quam* illud. — **6.** Agricultura et mercatura *pariter* utiles sunt *in* civitate : illa *alit,* hæc *locupletat* incolas. — **7.** *In* illa valle parvus est fons; eum *vidimus.* — **8.** Hæc sunc pretiosiora quam illa.

[Élève, p. 64] **81. Exercice.**

1. Ton esclave *est arrivé;* il m'*a remis* ta lettre. — **2.** Mon ami *était* intègre et honorable; il *a été appelé en* justice et *je suis fort irrité pour* ce motif. — **3.** César *partit pour* la Gaule. *Dans* cette marche, il *enrôle* deux légions, en *fait sortir* trois *de* leurs quartiers d'hiver; *avec* elles *il passe* le Rhône. — **4.** Les ennemis *ne pourront pas vaincre* cette nation. — Fabius était très habile. Ce général *déjoua* les projets (les plans) d'Hannibal.

[Élève, p. 65] **82. Version.**

LA PIE ET LA COLOMBE.

Une pie et une colombe *rendirent un jour visite à* un paon. Au retour, *comme elles marchaient ensemble :* « Le paon me déplaît *beaucoup* (fort), *dit* la pie ; sa voix est désagréable, ses pieds sont laids. » *Alors* la colombe : « *J'ai moins remarqué* ses défauts, *dit-elle, que* l'élégance de son corps et la variété *et* la beauté de ses plumes (que l'élégance de son corps jointe à la variété et à la beauté de son plumage). »

[Élève, p. 66]   **83. Exercice.**

1. Ego sum *semper* idem. — **2.** Hæc[1] ipsa via *ducit ad* urbem. — **3.** Idem iter ad silvam ducit. — **4.** Horum duorum populorum *non* eidem *sunt* mores. — **5.** Iidem homines civitatem *semper perturbant.* — **6.** Ipsis inimicis *ignosco.* — **7.** Dominus domus ejus *non jam* idem *est.* — **8.** Ipse *venit* frater meus. — **9.** Hic discipulus magistro et ipsi patri *displicuit.* — **10.** Idem homo gravius *admisit* scelus.— **11.** Ipsa *periit* ejus urbis memoria. — **12.** Ille vir laudes ipsas *contemnit.*— **13.** *In* societate eorundem hominum semper *vixit* meus amicus.

[Élève, p. 67]   **84. Exercice** (RÈGLES 89 à 91).

1. Felicissimus est pater cujus filius est impiger. — **2.** Mater cujus filii *sunt* impigri est felicissima. — **3.** *In* ea valle rupes *vidi* quarum immensa est altitudo. — **4.** Puer, cui pulchrum hunc librum *dedisti*, gratissimum se *præbebit.* — **5.** Puellæ quibus fructus *dedit* tua mater sunt lætissimæ. — **6.** Columba quam *cepi* timida est. — **7.** Flores quos *carpsi sunt* pulcherrimi. — **8.** Difficillimum *erat* negotium quod *confeci.* — **9.** Prata quæ *habet* is agricola sunt vastissima (maxima).

[Élève, p. 68]   **85. Exercice.**

1. Quelle que soit la fortune qui *arrivera, nous* la *tenterons.* — **2.** Quelles que soient les personnes que *j'ai entendues,* toutes *ont dit* la même chose. — **3.** Quelles que soient

---

1. Dans cet exercice et les suivants, quand le sens du démonstratif n'est pas précisé dans la phrase française, nous employons indistinctement is, hic ou ille. Les élèves peuvent différer dans leur interprétation, mais nous engageons les maîtres à veiller à ce que les enfants n'emploient pas toujours le même mot et à exiger qu'ils justifient leur choix.

les récompenses que *proposa* le traître, les soldats les *dédaignèrent*. — **4.** Qui que ce soit qui (quiconque) me *rend visite*, *vante* tes services *envers* lui. — **5.** L'histoire *charme*, quelle que soit la manière dont (n'importe comment) elle *est écrite*. — **6.** Quelle que soit la chose que *vous faites* (quoi que vous fassiez), *songez à* l'issue. — **7.** Quelles que soient les personnes que *j'ai trouvées* bienveillantes *envers* moi, je leur *ai témoigné* de la reconnaissance.— **8.** Qui que ce soit dont Jupiter *veut ruiner* la fortune, il lui *inspire* une mauvaise résolution.

[Élève. p. 69]   **86. Exercice** (RÈGLE 91, *Remarque*).

1. Stultissimus est qui hominem *æstimat ex* veste. — **2.** Qui eandem culpam *sæpe committit*, indignus est venia. — **3.** Eum *metuere debes* qui tibi *blanditur*. — **4.** *Amittit* omnia qui *vult* omnia *habere*. — **5.** Omnia *amisit* is quem vidi. — **6.** Eum vidi *cum* quo (ou quocum) *locutus es.* — **7.** *Mortuus est* qui pulchra illa tibi *narrabat*.

[Élève, p. 69]   **87. Exercice.**

1. Celui qui est soigneux *est loué par* son maître. — **2.** Il est aveugle celui qui *ne voit pas* le soleil. — **3.** Celui qui *fuit* son juge *avoue* son crime. — **4.** *Il perd justement* ses biens propres celui qui *convoite* les biens d'autrui. — **5.** L'amitié la plus douce est celle qu'*a cimentée* la ressemblance des caractères. — **6.** Il est fou celui qui se *confie* à un malhonnête homme. — **7.** Celui que les armes *n'avaient pas abattu fut vaincu* par ses vices.— **8.** Xerxès *proposa* une récompense à celui qui *aurait découvert* un nouveau plaisir (un plaisir nouveau). — **9.** Les hommes *cherchent à plaire* à celui *de* qui ils *espèrent* le plus [de services] (des services très nombreux).

[Élève, p. 71]   **88. Exercice** (RÈGLES 92, 93 et 94).

1. Qui *ne chérit pas* sa patrie? — **2.** Qui des deux *a été vainqueur?* — **3.** Qui *jugez-vous* heureux? — **4.** Laquelle des deux choses est la meilleure? — **5.** De qui m'*apportez-vous* la lettre? — **6.** Laquelle des deux maisons jugez-vous la plus belle? — **7.** A qui la vie est-elle *tout à fait* désagréable? — **8.** Quel est celui des deux dont le discours vous *paraît* le plus violent? — **9.** Que *fait* votre fils? — **10.** Quel est celui que la fortune *n'a pas tourmenté?* — **11.** A laquelle des deux jeunes filles la reine *a-t-elle donné* une couronne? — **12.** Quelle récompense *proposez-vous* à l'élève travailleur? — **13.** *De* quelles contrées *est venue* cette épidémie? — **14.** Quels vieillards le dégoût de la vie *a-t-il pris?* — **15.** Quel homme *est venu?* — **16.** Quelle est la vie des méchants? — **17.** Quelle *sera* la fin des discordes? — **18.** Par quelle route *est arrivée* l'armée ennemie? — **19.** Quel est le plus insensé de ces deux hommes? — **20.** Quels rivages *visiterez-vous?* — **21.** A quels soldats *est échu* le butin que voici? — **22.** Quel livre *lisez-vous? (!)* — **23.** Quelles paroles *entends-je? (!)* — **24.** De quels hommes *implorerons-nous* la protection? — **25.** Par quelle route l'armée *est-elle partie?*

[Élève, p. 72]   **89. Exercice.**

1. Quis *venit?* — **2.** Uter *profectus est?* — **3.** Quem *vidisti?* — **4.** Utram vidisti? — **5.** Quid *dicis?* — **6.** Qui finis *erit* nostrarum calamitatum? — **7.** Quod verbum *dixisti?* — **8.** Utram rem *anteponis?* — **9.** Quas victorias is dux *tulit?* — **10.** Utram urbem *judicas* majorem? — **11.** Cujus urbis *narras* historiam? — **12.** Utrius vultus jucundior est? — **13.** Utri magister præmium *dedit?* — **14.** Quid tibi *fecit* frater tuus? — **15.** Quibus præmiis ille miles dignus est! — **16.** Qua pervicacia hi miseri cives res *corruperunt!*

[Élève, p. 72]   **90. Version.**

LE RENARD ET LE BOUC.

Un renard était tombé par mégarde (mot à mot : Un renard qui ne savait pas *était tombé*) *dans* un puits *hors* duquel *il ne pouvait sortir. Au* même endroit un bouc *altéré vint* et *demanda si* l'eau *était* bonne à boire. *Alors* l'autre : « Elle est *si* bonne, *dit-il, que je ne puis m'en rassasier. Mais allons! laisse-*toi *tomber dans* le puits et *tu en jugeras* toi-même. » Le bouc *obéit* au conseil de l'animal rusé. *Mais* le renard *tout à coup s'étant appuyé sur* les cornes du bouc *se sauva* et *laissa dans* le puits le bouc insensé.

[Élève, p. 73]   **91. Exercice.**

1. Quelqu'un *peut se tromper.* — **2.** *Je n'ai jamais vu* quelque chose (rien) de plus injuste. — **3.** Les consuls *punirent* de mort ceux qui *avaient dit* quelque chose *contre* les Romains. — **4.** *Je t'enverrai* quelque livre. — **5.** *Si j'ai commis* quelque *faute envers* toi, *pardonne*-[moi]. — **6.** Le préteur *vint à* l'assemblée non *sans* quelque espérance. — **7.** L'élève travailleur *espère* quelque récompense. — **8.** Quelque ennemi *sans doute s'est glissé dans* le camp. — **9.** Quelqu'un *est venu vers* moi.—**10.** Si *j'ai promis* quelque chose à quelqu'un, *je* le *tiendrai.* — **11.** Si quelque roi, si quelque nation *avait fait* quelque chose *contrairement aux* ordres du peuple romain, le sénat le *supportait avec peine.*

[Élève, p. 73]   **92. Exercice.**

1. Is homo *habet* aliquam famam. — **2.** Aliquid simile populus Romanus *sæpe viderat.* — **3.** Id tibi *dicet* aliquis. — **4.** Hos gemitus *edidit* aliqua mulier. — **5.** Alicui *da* hunc librum. — **6.** Ille miles alicujus hostis vestigia *sequebatur.* — **7.** Aliqui faber *de* suo artificio *convenientissime loqui potest.* — **8.** Ille puer *ab* aliquo *verberatus est.*

[Élève, p. 73]   **QUESTIONNAIRE**

1. Aliqua. — **2.** Quæ; — quæ; — quæ ou qua. — **3.** Quæ. — **4.** Déclinez aliquis au pluriel neutre.

[Élève, p. 74]   **93. Exercice.**

1. La pauvreté *a été* utile à certains hommes. — **2.** Une certaine pudeur nous *a retenus.* — **3.** La nature *a donné* à chacun de nous un certain désir de la gloire. — **4.** Certains historiens romains *ont rapporté* des choses fausses *au sujet de* ces actions (ont fait de faux récits sur ces événements). — **5.** Le peuple romain *garda toujours* une certaine rudesse de caractère (dans ses mœurs). — **6.** Les esprits de certains hommes *sont aveuglés.* (L'esprit de certains hommes est aveuglé). — **7.** Un juge équitable *accorde* à chacun son droit. — **8.** Un très grand nombre d'hommes *ont été* excellents dans chaque sorte d'arts. — **9.** Chacune des deux armées

2.

regardait le combat. — **10.** Le nom de l'un et de l'autre est illustre. — **11.** Le maître *a accordé* de très grands éloges à l'un et à l'autre élève. — **12.** César *avait attaqué* les Gaulois *des* deux côtés.

[Élève, p. 75]   **94. Exercice.**

1. Quidam Gallus *ante* portam urbis *constiterat.*— 2 Quorundam hominum stultitiam *admiror.* — **3.** Ipsæ mulieres quandam virtutem *ostenderunt.*— **4.** Cuidam Aquilio Cæsar *commisit* oppidi defensionem. — **5.** Quidam homo *ad* me *venit.* — **6.** Quisque se *amat.* — **7.** Unaquæque mulier ornamenta sua *afferebat.* — **8.** Is senex memoriam *servat* unarum quarumque rerum quibus *interfuit.* — **9.** Uterque consul *venit.* — **10.** Uterque miles gladium *amiserat.*

[Élève, p. 75]   **95. Exercice.**

1. La justice *n'a jamais nui* à personne. — **2.** Ce tyran *a été* plus cruel *que* personne *ne l'avait été* avant [lui]. — **3.** Les soldats *rentrèrent dans* la place *sans* aucun espoir.— **4.** *Je suis parvenu dans* le camp *et* personne *ne m'a reconnu* (sans que personne ne me reconnût). — **5.** *Je ne t'ai fait* aucune injustice. — **6.** *Est-ce que* personne *a été* plus riche que Crésus? — **7.** Rien n'*a ébranlé* ce vaillant soldat. — **8.** Mon fils n'*a besoin* de rien. — **9.** Ce[1] vilain petit garçon n'*aime* rien. — **10.** Ce[1] mauvais élève ne *s'applique* à rien. — **11.** Nos soldats sont intrépides et rien ne les *ébranlera.* — **12.** Ton frère ne *manque* de rien. — **13.** *Je n'exécute* les ordres de personne. — **14.** *Je n'ai dit* à personne les choses que *tu m'avais confiées* (ce que tu m'avais confié). — **15.** Ce[1] méchant homme n'*est aimé par* personne. — **16.** Aucun des deux consuls ne me *plaît; je* ne *favorise* les projets ni de l'un ni de l'autre.

[Élève, p. 76]   **96. Exercice.**

1. Nemo *adhuc venit.* — **2.** Frater tuus neminem *vidit.*— **3.** Nihil *scio.* — **4.** Nihil est difficile viris fortibus. — **5.** Strenuus ille miles nulla re *commovetur.* — **6.** Hic homo

---

1. Faire remarquer aux élèves le sens défavorable qu'ajoute, dans ces trois phases, l'adjectif *iste* au substantif qu'il détermine.

nemini *nocuit*. — **7.** A nullo *repetitur* ille liber. — **8.** Nulli rei consul iste *consulit*. — **9.** Ducum neütrum milites *sequi volebant;* neütri *confidebant*.

[Élève, p. 77] **97. Exercice.**

1° **1.** N'importe quel homme *peut produire* (faire courir) *sur* n'importe qui des bruits déshonorants. — **2.** *Fais* ce que tu voudras (n'importe quoi), *pourvu que tu fasses* quelque chose. — **3.** La patience est un remède à n'importe quelle douleur. — **4.** La grandeur d'âme *convient à* n'importe quel homme. — **5.** *Donne*-moi les livres que tu voudras. — **6.** *Vous ne vous fiez pas* à n'importe qui (au premier venu).

2° **1.** *Da* hunc librum discipulo cuivis. — **2.** *Non sum* cujuslibet famulus. — **3.** *Arcesse* quemlibet. — **4.** Quidvis *faciet*.

[Élève, p. 77] **QUESTIONNAIRE**

1. *Quidam* se décline comme *qui, quæ, quod,* à part la forme pronominale *quiddam* pour le nominatif et l'accusatif neutre au singulier. A noter aussi l'orthographe de *quendam* (acc. m. s.), *quandam* (acc. f. s,), *quorundam* (gén. pl. m. et n.), *quarundam* (gén. f. pl.). — **2.** *Quisquam* = personne sans négation. — **3.** On le décline comme *quis*, interrogatif, (*-quam* est invariable). A noter le manque de féminin. — **4.** *Haud quisquam* peut se remplacer par *nemo; haud ullus* par *nullus; haud quidquam* par *nihil*. — **5.** Déclinez *ullus*... — **6.** Le génitif et l'ablatif de *nemo* se remplacent par le génitif de *nullus* (*nullius*) et l'ablatif du même (*nullo*).

[Élève, p. 78] **98. Exercice** [1].

1. L'un des deux consuls *fut tué*, l'autre *s'enfuit*. — **2.** Agésilas *était* boiteux d'un pied. — **3.** Les lances du soldat *étaient* [au nombre de] deux; l'une [était] en frêne, l'autre en chêne. (Le soldat avait deux lances, l'une en frêne l'autre en chêne). — **4.** Le milan [*fait toujours* la guerre] est toujours en guerre *avec* le corbeau; l'un *brise* les œufs de l'autre (ils se brisent les œufs l'un de l'autre). — **5.** *J'ai*

---

1. Les exercices sur les pronoms indéfinis ont une grande importance mais présentent quelque difficulté. Celui-ci en particulier pourra embarrasser les jeunes enfants. Il sera peut être prudent de le faire d'abord oralement en classe et utile d'y revenir de temps à autre.

vu ton frère *et je ne connais* aucune autre personne plus courageuse. — 6. *Souvent* ce qui *choque* les uns *plaît* aux autres. — 7. La nature *n'a pas* tout *donné* au même; elle *a accordé* aux uns une chose, aux autres une autre (des dons aux uns et d'autres aux autres). — 8. *Apercevoir* les défauts des autres *et ne pas voir* les siens est folie (c'est folie d'apercevoir...). — 9. Les historiens *ont rapporté* ce fait les uns d'une façon, les autres d'une autre. — 10. Les légions *résistaient* aux ennemis les unes d'un côté, les autres d'un autre.

[Élève, p. 79]   **99. Exercice.**

1. Misera *fuit* duarum aliarum legionum fortuna. — **2.** Dux victor aliis urbibus *non pepercit*. — **3.** Eas res *narrabit* quis alius. — **4.** *Ab* alia parte milites *venerunt*. — **5.** *Longe* alia *erat* soli natura. — **6.** Alii alia *amant*. Alii *enim* divitias, valetudinem *malunt* alii. — **7.** Homo fallax aliud *facit ;* aliud *dicit*.

[Élève, p. 80]   **100. Exercice.**

1. Omnes qui aliud *simulant* et *faciunt* aliud perfidi *sunt* et mali. — **2.** Alter fratrum *venit*. — **3.** Alter *fugit*, alter *mortuus est*. — **4.** Mors alterius consulum exercitui *fuit* funesta. — **5.** Alii alios *noverunt*. — **6.** Hi discipuli alii *cum* aliis *pugnant*. — **7.** Alterutram viam *sequar*. — **8.** Altero utro consilio *desiste*. — **9.** Alterutrius *sequere* partes. — **10.** *Fave* alteri utri.

[Élève, p. 80]   **101. Exercice.**

Exercice pour apprendre à distinguer **omnis** et **totus**, **unus** et **solus** (Cf. le Lexique français-latin aux mots *tout* et *seul*).

1. Totus mons *ab* hostium exercitu *tenebatur*. — **2.** Omnes viæ illius silvæ sunt commodæ. — **3.** Themistocles totum se *dedit* rebus publicis. — **4.** *In* horto suo solus *erat*. — **5.** Omnem regionem *peragravi*. — **6.** Unius culpa *sæpe nocet* omni civitati. — **7.** Caput corpori toti *imperat*. — **8.** Bellum *cum* Hannibale totius Italiæ vires *exhausit*. — **9.** Omnes *fere* reges totam potestatem ipsi *non exercuerunt ;* alii amicis eam permiserunt, alii populo *concesserunt* aliquid.

CHAPITRE V

LE VERBE

[Élève, p. 83]   **102. Exercice.**

(Ne comporte pas de corrigé.)

[Élève, p. 85]   **103. Exercice.**

(Ne comporte pas de corrigé.)

[Élève, p. 87]   **104. Exercice.**

(Ne comporte pas de corrigé.)

[Élève, p. 89]   **105. Exercice.**

(Ne comporte pas de corrigé.)

[Élève, p. 90]   **106. Exercice.**

(Ne comporte pas de corrigé.)

[Élève, p. 93]   **107. Exercice.**

(Ne comporte pas de corrigé.)

[Élève, p. 97]   **108. Exercice.**

1. Quidam sapiens dicebat Alexandro : « O rex, qui omnes domuisti populos, doma *nunc* cupiditates tuas : *nam magis* sunt indomitæ *quam* ferocisimæ gentes. » — **2.** Omnes qui aderant milites auxilium petiverunt *a* duce nostro. — **3.** *Ubi* milites ingressi sunt *in* arcem, vacuam invenerunt. — **4.** Qui bonus civis *pro* patria mortem oppetere dubitet? — **5.** Litteras *mox* mitte mihi. — **6.** Stationem nostram deserere turpe sit facinus. — **7.** Culpam hanc[1] *unquam* commisisset tuus frater? — **8.** Qui magna facere cupiunt, [ii] laborare debent sine ulla intermissione. — **9.** *Ad* Fabricium *se contulerunt* Samnitium legati, magnam pecuniam offerentes. *At* ille : » *Quamdiu, inquit,* cupidita-

---

1. Voy. note de l'exercice 83, p. 26.

tibus imperare *potero*, mihi ista pecunia inutilis erit : hanc illis reportate qui ea egent[1]. »

[Élève, p. 98]   **109. Exercice.**

1. Chercher à obtenir la bienveillance de ses compatriotes en se faisant l'esclave de leurs passions est une action bien honteuse (une action qui vous couvre de honte). — **2.** Fuir le vice est le premier mérite. — **3.** Le roi prit le parti de fuir. — **4.** Beaucoup d'hommes (bien des gens) nuisent sans avoir la volonté (le dessein) de nuire. — **5.** Les avares sont torturés *non seulement* par la passion d'acquérir, *mais encore* par la crainte de perdre. — **6.** L'homme est de sa nature porté *à* apprendre (à s'instruire). — **7.** La sagesse est l'art de vivre bien et heureusement (la sagesse est l'art d'avoir une vie honnête et heureuse). — **8.** Les Spartiates fortifiaient leur corps en courant, en ayant faim, en ayant soif, en ayant froid, en ayant chaud (en supportant la faim, la soif, le froid, le chaud).

[Élève, p. 98]   **110. Exercice.**

1. Ii captivi occasionem fugiendi repererunt. — **2.** Tempus *ad* cogitandum capiamus. — **3.** Cum spe vincendi nostri milites pugnandi cupiditatem amiserunt. — **4.** Invidia ducit improbum *ad* nocendum aliis. — **5.** Homo peccat *vel* mala faciendo *vel* bona negligendo. — **6.** Cupiditas gloriæ omnia tolerandi vires nobis dat (suppeditat). — **7.** Omnes discendi occasiones arripiamus. — **8.** Docendo discere *potest* homo. — **9.** Ignavos istos milites *ad* fugiendum agebat metus pugnandi.

[Élève, p. 99]   **111. Exercice.**

1° **1.** Les nations *vaincues* envoyèrent des ambassadeurs consulter l'oracle d'Apollon. — **2.** Le lion était malade : plusieurs animaux vinrent rendre visite à leur roi. — **3.** Qu'y a-t-il de plus agréable à entendre qu'un discours *orné* de belles pensées? — **4.** La voix du rossignol est délicieuse à entendre.

---

1. Profiter de cette phrase, où tous les démonstratifs sont employés pour revenir sur le sens propre à chacun d'eux.

2° **1.** Pythagoras *in* Ægyptum *ierat* pulchram illam regionem visitatum. Cupiebat *etiam* sacerdotes interrogare et religionum occultiss:ma investigare. — **2.** Exploratores *de* hostium adventu ducem admonitum cucurrerunt. — **3.** Tarquinius Vejos *se contulit* Ætruscorum auxilium imploratum. — **4.** Hæ res faciliores sunt dictu *quam* factu (Hæc sunt faciliora...). — **5.** Id spectaculum pulcherrimum est visu.

[Élève, p. 99]   **112. Exercice.**

1. Exploratores Cæsari renuntiant equitatum hostium appropinquare. — **2.** Credo te *nimis* timidum fuisse. — **3.** *Merito* dixit Cicero justitiam reginam esse omnium virtutum. — **4.** Vitam scimus nostram multis periculis obnoxiam esse. — **5.** Omnes credit esse stultos insanus. — **6.** Intelli ges *profecto* te indoctissimum *adhuc* esse.

[Élève, p. 101]   **113. Exercice.**

(Ne comporte pas de corrigé.)

[Élève, p. 103]   **114. Exercice.**

(Ne comporte pas de corrigé.)

[Élève, p. 105]   **115. Exercice.**

(Ne comporte pas de corrigé.)

[Élève, p. 107]   **116. Exercice.**

(Ne comporte pas de corrigé.)

[Élève, p. 109]   **117. Exercice.**

(Ne comporte pas de corrigé.)

[Élève, p. 111] **118. Texte à apprendre par cœur.**

SOPHOCLE ACCUSÉ PAR SES FILS.

Sophocle fit des tragédies jusqu'à une extrême vieillesse. A cause de cette passion [pour la poésie], comme il paraissait négliger sa fortune, il fut appelé en justice par ses fils pour être écarté de l'administration de ses biens comme insensé. Alors le vieillard qui avait à la main la pièce qu'il

avait écrite tout dernièrement, Œdipe à Colone, la lut aux
juges et demanda si cette œuvre poétique semblait l'œuvre
d'un fou. Il fut renvoyé des fins de la plainte par les suffrages des juges.

(D'après CICÉRON, de Senectute, ch. VII.)

[Élève, p. 111]   **QUESTIONNAIRE**

1. L'expression *propter quod studium* signifie littéralement :
à cause duquel goût ; le sens propre de *quod* est donc *lequel.* —
2. *Res familiaris* signifie proprement « chose du ménage, propriété
de la famille », c'est-à-dire commune à tous les habitants d'une
maison et dont le père avait la gestion tant qu'il vivait. — **3.** *Vide-*
retur est la 3ᵉ pers. du sing. de l'imparf. du subj. de *videri*,
verbe passif de la 2ᵉ conjugaison (act. vĭdĕo, ēs, vīdi, vīsum,
vĭdērc) ; — *vocatus est* est la 3ᵉ pers. du sing. masc. du parf. de
l'indic. de *vocari*, verbe passif de la 1ʳᵉ conj. ; — *removeretur* est la
3ᵉ pers. du sing. de l'imparf. du subj. de *removeri*, verbe passif
de la 2ᵉ conj. (act. rĕmŏvĕo, ēs, mōvi, mōtum, mŏvērc). —
4. *Scripserat* a pour complém. direct *quam*, antécédent *fabulam.*

[Élève, p. 112]   **119. Exercice.**

1. Hæc porta fracta est (*ou* Hoc ostium fractum est). —
2. Devictæ sunt hostium copiæ. — **3.** Firma est domus illa ;
nam optimo saxo ædificata est. — **4.** Is adolescens *a* bonis
magistris educatur. — **5.** Audite (*ou* Auditote) consilia quæ
dantur vobis a parentibus et magistris. — **6.** Adulescens
qui bene institutus est vitat omnes peccandi occasiones.
— **7.** Roma capta et incensa erat *cum* Gallos Camillus
expulit.

QUESTIONNAIRE

Les numéros renvoient aux phrases de l'exercice précédent.

1. Il faut tourner *cette porte a été brisée,* car on *l'a brisée.* —
4. « Ce jeune homme *est élevé* par de bons maîtres » signifie :
« de bons maîtres *élèvent* ce jeune homme. » — **5.** « Les conseils
qui vous *sont donnés* par vos parents » signifie : « les conseils que
vous *donnent* vos parents » ; il faut donc traduire par le présent.
7. « Rome *était prise,...* quand... » signifie : « Les Gaulois *avaient*
pris Rome quand... »

[Élève, p. 113]   **120. Exercice.**

1. Ludendo frater tuus vulneratus est (*ou* se vulneravit).
— **2.** Aquæ hujus lacus *subito* turbatæ sunt. — **3.** Sequana

super ripas *sæpe* effunditur. — 4. *Jam* e litore conspiciebatur navis. — 5. Vera amicitia cognoscitur *in* rebus adversis. — 6. *Non* emitur somnus. — 7. Peraguntur spectaculi apparatus. — 8. Homeri et Vergilii carmina semper legentur. — 9. Vir fortis periculo *non* movetur. — 10. Non *adhuc* exstinctus est amor pulchrarum rerum. — 11. *Ubi* apparuit orator, sedatus est tumultus. — 12. Magnus ille vir, *cum* ignovit inimicis, se *ipsum* vicit. — 13. Terra *circum* axem movetur magna celeritate. — 14. Dolus *brevi* detectus est. — 15. *Ut* corpus pane, *sic* lectione animus alitur.

[Élève, p. 114]   **121. Exercice.**

1. Amandus est pater. — 2. Nihil faciendum (*ou* agendum est) *sine* ratione. — 3. Adulatores sunt *semper* contemnendi. — 4. Hic liber *sæpe* legendus erit. — 5. Aliud capiendum erat consilium. — 6. Tolerandi erunt duri labores. — 7. Iter *per* rupes aperiendum fuerat. — 8. Qui multitudini inservit *non* est magni æstimandus. — 9. Pulchra ea monumenta delenda non erunt.

[Élève, p. 115]   **122. Exercice.**

1. Catilina inierat consilium evertendi Romam, trucidandi cives, delendi nomen Romanum (*ou* evertendæ Romæ, trucidandorum civium, delendi nominis Romani). — 2. *Ad* vitandum calorem, nostri amici *sub* arboribus consederunt. — 3. Cæsar cupidus erat restituendæ *inter* cives concordiæ. — 4. Milites *ante* portam congesserunt omnia quæ *ad* ignem alendum erant apta. — 5. Romam missus est Regulus *ad* commutandos captivos. — 6. Mælius *in* suspicionem *incidit* regni affectandi. — 7. Parsimonia est scientia vitandi supervacuas impensas. — 8. Hi miseri servi *ad* libertatem recuperandam pugnabant. — 9. Omnes occidendi tyranni occasiones quærebant conjurati.

[Élève, p. 115]   **QUESTIONNAIRE**

1. Par « *cupidus bellum faciendi* ou *belli faciendi* ». — 2. Quand le verbe à mettre au gérondif a un complément direct. — 3. Quand le sujet ne fait pas l'action sur lui-même.

[Élève, p. 116]   **123. Exercice.**

(RÈGLES **130, 131** et **132** avec les *Remarques*)

1. On pèche par ignorance du bien. — **2.** On annonçait que le général avait été abandonné *par* ses soldats. — **3.** On me pardonne. — **4.** Le général commanda *qu'*on épargnât les enfants et les vieillards. — **5.** On porte *souvent* envie aux gens de bien. — **6.** Tous les édifices ont été détruits ; on a *cependant* épargné les temples des dieux. — **7.** On m'a dit que ton ami s'était trompé. — **8.** On égorgea les meilleurs citoyens. — **9.** On honorait la justice *chez* les anciens. — **10.** On rappela la flotte. — **11.** On préfère la mort à la servitude. — **12.** On raconte qu'Homère était aveugle. — **13.** Le nom d'ami est commun, *comme* on dit, la fidélité [chez les amis] est rare. — **14.** On croit *volontiers* ce qu'on désire.

[Élève, p. 117]   **124. Exercice.**

1º (§§ 130, 131, 132 et REMARQUE I). — **1.** *De* ea re *mox* decernetur. — **2.** *Acriter* pugnatum erat *usque ad* occasum solis. — **3.** *Ubi* datum est signum prœlii, maximo concursum est impetu. — **4.** *Optime* conspectum est *in occulto*. — **5.** Dubitando nocebatur incepto. — **6.** *Semper* contemptum est mendacium. — **7.** Milites *in* castra reducti erant. — **8.** Virtus laudatur. — **9.** Classis revocabitur.

2º (§ 132, REMARQUE II). — **1.** Ferunt Æsopum servum fuisse. — **2.** Dicunt eum ducem *a* militibus relictum esse. — **3.** Bona videmus *sed* facimus mala. — **4.** *Nimis* opinionem multitudinis, bonorum hominum judicium *parum* reformidamus.

[Élève, p. 117]   **QUESTIONNAIRE**

1. La troisième personne du singulier employée sans sujet à tous les temps du passif. (Dans les temps composés, le participe se met au neutre.) — **2.** Mihi favetur. — **3.** Il faut écouter *ou* on doit écouter. — **4.** « Mali fugiendi sunt » On ne peut pas, dans cette phrase, employer l'impersonnel passif, parce que « fuir » est accompagné en français d'un complément direct dont on doit faire le sujet du verbe passif en latin.

[Élève, p. 118] **125. Texte à apprendre par cœur.**

LES PEUPLES DE LA GAULE AU TEMPS DE CÉSAR.

Toute la Gaule est divisée en trois parties dont une est habitée[1] par les Belges, une autre par les Aquitains, la troisième par ceux que, dans leur langue, on appelle Celtes et Gaulois dans la nôtre. Toutes ces nations diffèrent entre elles par le langage, les institutions, les lois. Les Gaulois sont séparés des Aquitains par le fleuve de la Garonne, des Belges par la Marne et la Seine. De tous ces peuples les plus braves sont les Belges, parce que les marchands vont très peu chez eux et n'introduisent pas [dans leur pays] les choses (les produits) qui tendent à amollir les cœurs et qu'[en outre] ils sont voisins des Germains, habitant au-delà du Rhin, avec lesquels ils sont continuellement en guerre.

(D'après CÉSAR, *de Bello Gallico*, liv. I, ch. 1).

[Élève, p. 118] **QUESTIONNAIRE**

1. *Divisa est* indique que la division de la Gaule en trois parties *existait* avant l'arrivée de César; *dividitur* voudrait dire : « A l'heure où j'écris, *on divise* la Gaule. (§ 126.) — 2. On mettrait *unam... alteram;* ou *alteram ... alteram* (§ 96, 13*).

[Élève, p. 119] **126. Exercice.**

1. Serendum est *etiam post* malam messem. — 2. Virtus divitiis est anteponenda. — 3. *Probe semper* agendum est. — 4. Semper contemnendi sunt mendaces. — 5. Libri laudandi sunt *non* pulchri *sed* boni. — 6. *Acriter* pugnandum erit *adversus* ignorantiam et stultitiam. — 7. Semper continenda est ira. — 8. Tolerandi erunt gravissimi labores. — 9. Neminem decipere debemus (§ 132, REMARQUE II, 2°). — 10. Divitibus hominibus invidetur, sed considerandum est eos *sæpe* infelicissimos esse (*ou* divitibus hominibus invidemus, *sed* considerare debemus eos *sæpe* infelicissimos esse). — 11. Semper vivendum est *quasi in* conspectu omnium vivatur (*ou* debemus semper vivere *quasi in* conspectu omnium vivamus).

[Élève, p. 121] **127. Exercice.**

(Ne comporte pas de corrigé.)

---

1. A noter le changement de l'actif en passif, ce qui permet de suivre l'ordre du latin.

[Élève, p. 123] **128. Exercice.**

(Ne comporte pas de corrigé.)

[Élève, p. 125] **129. Exercice.**

(Ne comporte pas de corrigé.)

[Élève, p. 127] **130. Exercice.**

(Ne comporte pas de corrigé.)

[Élève, p. 129] **131. Exercice.**

(Ne comporte pas de corrigé.)

[Élève, p. 130] **132. Exercice.**

1. Ciceronem *semper* omnes admirabuntur. — **2.** Tribuni hortati sunt milites. — **3.** Ii sunt admirandi qui fortes sunt *in* rebus adversis. — **4.** Agmen hostium *subito* aggressus est equitatus noster. — **5.** Victorum Germanorum terras imperatores *inter* milites Romanos partiebantur. — **6.** Non est loquendum *inconsiderate*. — **7.** *Sæpe* temeritatem pænitentia sequitur. — **8.** Proditores exsecrantur ii ipsi qui eis utuntur.

[Élève, p. 130] **133. Version.**

LE CHIEN VENGEUR DE SON MAITRE.

Le roi Pyrrhus, *dans* une marche, rencontra un chien (m. à m. tomba *sur* un chien) qui gardait le corps d'un homme tué. *Quand* il eut appris que depuis trois jours *déjà* il était là couché *sans* nourriture *et ne* s'éloignait *pas du* cadavre (et ne quittait pas le cadavre), il ordonna d'enterrer le mort, d'emmener le chien et de le traiter *avec soin. Peu de temps après*, on fait une revue des soldats. Tous l'un après l'autre passent *en présence du* roi. (Peu de temps après, les troupes sont passées en revue et les soldats défilent l'un après l'autre devant le roi.) Le chien était là. *Aussitôt qu*'il vit s'avancer les meurtriers de son maitre, furieux il courut en avant (il s'élança sur eux) et les épouvanta *tellement* de ses aboiements *que* le roi conçut des soupçons. Les assassins ayant *donc* été arrêtés et convaincus avouèrent leur meurtre et furent punis. (On arrêta donc les assassins, on les convainquit de meurtre (§§ 130, 131, 132), ils firent des aveux et furent punis.)

CHAPITRE VI

L'ADVERBE

[Élève, p. 132]   **134. Exercice.**

1. Hanc epistulam (*diligens*) diligenter scribite : qui diligentissime scripserint præmium habebunt. — **2.** Agat (*stultus*) stulte qui cantum avis æstimet *ex* pennarum pulchritudine. — **3.** Studebant Lacedæmonii (*brevis*) breviter et (*acutus*) acute loqui. — **4.** Quod (*difficilis*) difficillime didicimus (§ 132, Remarque II, 2°) *in* memoriam descendit (*altus*) altius. — **5.** Luscinia cantat (*suavis*) suavius *quam* alauda. — **6.** (*Acer*) Acriter bellum gestum est. — **7.** De Fabricio Pyrrhus dicebat : « (*Facilis*) Facilius sol *a* cursu *quam* ab honestate Fabricius avertatur. » — **8.** Ea res facillime confici *poterit*. — **9.** Fabii cunctatio (*multus*) multum Hannibali molesta fuit. — **10.** Cæsar homini *a* quo (*gravis*) graviter offensus erat respondit (*lenis*) lenissime : « Loquere (*moderatus*) moderatius. »

[Élève, p. 133]   **135. Thème.**

UN BIENFAIT N'EST JAMAIS PERDU.

Mus quidam *a* leone comprehensus est quem (*inconsultus*) inconsulte attigerat. Veniam (*summissus*) summisse imploravit : « Rex magne, mihi ignosce : (*imprudens*) imprudenter egi. » Magnanimus leo parvum dimisit animal quod lætissimum aufugit. *Paulo post,* leo, *cum in* retia incidisset, (*vehemens*) vehementer rugiebat. Mus [autem], *quanquam* aberat, optime vocem cognovit leonis *a* quo *nuper tam* (*benignus*) benigne habitus erat. (*Celer*) Celeriter accurrit et retis maculas rosit et leonem liberavit. *Nunquam irritum* est beneficium.

[Élève, p. 134]   **136. Exercice.**

1. Où cours-tu[1] ? — **2.** Sors d'ici où tu es. — **3.** Par où est partie l'armée ennemie ? — **4.** D'où viens-tu ? — **5.** Où

---

1. Dans cette phrase et les phrases 2, 4, 5, 6, etc., on pourrait employer le *pluriel de politesse.*

est ton frère? — 6. Tu nous trouveras là où tu nous laisses (où tu nous quittes). — 7. César entra dans la ville : sorti de là, il se dirigea vers les collines (les coteaux) où l'ennemi avait établi son camp. — 8. *Je ne puis pas être à la fois* ici et là-bas. — 9. L'activité des cavaliers sera utile là-bas où ils sont partis. — 10. Retirez-vous de là-bas. — 11. Dirige-toi vers là-bas. — 12. *Puisque tu veux* rester là où tu es, écris ce qu'il faut faire (ce qu'on doit faire) ici. — 13. Ceux qui viennent de là où tu es racontent que tu es tombé dans une grave maladie (gravement malade). — 14. Puisque tu t'es retiré là, rien ne nous retient ici. — 15. Je te suivrai par où tu me conduiras. — 16. J'ai couru là où tu m'avais appelé. — 17. La ville n'est pas loin, et d'ici où nous sommes (de cet endroit-ci) un très grand nombre de routes y conduisent.

[Élève, p. 135]   **137. Exercice.**

1. Qua profectus est frater meus? Hac. — 2. Ubi[1] Cæsar *in* urbem intravit, hostes inde profecti erant. — 3. Huc accede. Quid illic agis? — 4. Quid istic dicitur? — 5. Istinc proficiscere et huc veni. — 6. Eo *ibo* ubi me exspectas. — 7. Illuc ibo, *si* ibi es (illuc ibo si ibi estis). — 8. Vasta erat planities[2]; eo dux copias duxit. — 9. *Si* pulchrum videre *vis* spectaculum, huc veni. — 10. Unde profecti estis? — 11. Hinc profecti sunt. — 12. Equites illac fecerunt iter. — 13. Illinc profecti hostes huc celeriter venerunt. — 14. Hic nos te videbimus *priusquam* tu nos istic [videas].

QUESTIONNAIRE

1. *Ibi currit* = il est là et il court; *eo currit* = il se dirige là en courant. — 2. *Hic habitat* = il habite ici (où je suis); *istic habitat* = il habite ici (où vous êtes); *illic habitat* = il habite là-bas.

[Élève, p. 136]   **138. Exercice.**

1. Le malhonnête homme (le méchant) n'est pas heureux. — 2. Il a terminé une affaire peu facile. — 3. Après

---

1. Faire remarquer le sens de *ubi*, en tête d'une phrase qui n'est pas interrogative (voir § 237).

2. « *Planities vasta erat* » voudrait plutôt dire « Il y avait une vaste plaine ».

la victoire, il faut louer ceux qui n'ont pas été cruels dans la guerre (pendant la guerre). — **4.** Cet homme-ci a été un homme peu ordinaire (ce n'était pas un homme ordinaire que cet homme). — **5.** César s'arrêta et n'attaqua pas l'ennemi (César fit halte sans attaquer l'ennemi). — **6.** L'honnête homme ne doit rien faire, ni *contre* le devoir ni contre la loyauté. — **7.** Je n'ai pas dit cela (je ne l'ai pas dit) même à ma mère. — **8.** Je ne l'ai pas dit non plus à ma mère. — **9.** Caton n'était pas oisif même dans l'absence d'occupation (Caton ne restait pas oisif, même quand il n'avait rien à faire). — **10.** On ne croit pas un menteur même quand il dit la vérité. — **11.** Il ne faut pas (on ne doit pas) omettre cela non plus. — **12.** Atticus ne *pouvait* ni dire ni souffrir un mensonge. — **13.** Auguste ne déclara jamais la guerre à aucune nation, *excepté pour* de justes raisons. — **14.** On ne vit nulle part mieux *que dans* sa patrie.

[Élève, p. 137]   **139. Exercice.**

1. Urbs *ab* hostibus capta non est. — **2.** Hæc res est haud facilis (non facilis) (*ou* hoc est non facile). — **3.** Is dux egit non (haud) fortiter (adv. de *fortis*). — **4.** Cæsar milites clausos *in* castris continuit neque passus est *quemquam* (acc. de *quisquam*) exire. — **5.** Leonidas *et* trecenti Spartani neque victoriam neque reditum sperabant. — **6.** Milites *in acie* instruximus ; ne hostis quidem prælium recusavit. — **7.** Eum ne aspexeram quidem. — **8.** Nusquam virtus *magis* colebatur *quam* Spartæ. — **9.** Nunquam colemus homines improbos.

[Élève, p. 138]   **140. Exercice.**

1° **1.** Les Athéniens pensaient qu'il n'y avait rien qu'Alcibiade ne *pût* faire (qu'il n'y avait rien d'impossible pour Alcibiade). — **2.** Il ne peut y avoir personne qui ne loue vivement ton parti (ton parti ne peut qu'être loué vivement par tout le monde). — **3.** Il n'y a pas de moment où tes soupçons *sur* moi (sur mon compte) n'aient été faux (tes soupçons sur mon compte ont toujours été faux). — **4.** La vertu est honorée partout. — **5.** Hannibal, cet homme si grand et occupé de tous côtés par de si grandes guerres (et que de si grandes guerres absorbaient), consacra quelque temps aux lettres. — **6.** Les ennemis ne sont pas *hors des* murs, mais *dans* la ville, dans le forum : dans la curie même (dans le Sénat même) il y a des ennemis. — **7.** Dans le malheur où je suis, quelque chose me console, *quand* je me rappelle votre bienveillance *envers* moi. — **8.** Parfois la ressemblance cause (engendre) l'erreur.

2° (RÈGLES 156 et 157). — **1.** Nemo non est benignus sui judex. — **2.** *In* ea re nihil me non sollicitat. — **3.** Nunquam non turbor (moveor). — **4.** Virtus tua nusquam non laudatur. — **5.** Nullum est animal quod *per se* non nihil agat. — **6.** Non nulli *per* campum aufugerunt. — **7.** *Pro* patria omnes non nihil fecistis. — **8.** Non nunquam felix est audacia. — **9.** Non nemo dixit *contra* legem.

Cet exercice, analogue aux exercices 95 et 96, est difficile. Même après avoir compris la leçon du professeur, les enfants mettent un certain temps à se familiariser avec ces formes. Il est utile d'y revenir à plusieurs reprises.

[Élève, p. 140] **141. Texte à apprendre par cœur.**

ENTRÉE D'HANNIBAL EN ITALIE.

Hannibal arriva aux Alpes (au pied des Alpes) que jamais personne avant lui n'*avait passées* avec une armée. Il rendit les lieux praticables, fraya des chemins et fit en sorte qu'un éléphant équipé *pût marcher* par où auparavant un homme seul [et] sans armes *pouvait* à peine ramper. C'est par là qu'il fit passer ses troupes et parvint en Italie. Trois fois il en vint aux mains avec Publius Cornelius Scipion et trois fois il le battit. Ensuite il *franchit* les Apennins, se dirigeant vers l'Étrurie. Mais, dans cette marche, il fut atteint d'une grave maladie d'yeux, et jamais dans la suite il ne se servit bien de l'œil droit (il ne recouvra complètement l'usage de l'œil droit).

(D'après CORNÉLIUS NÉPOS, *Vie d'Hannibal*, ch. III.)

[Élève, p. 141] **142. Version.**

LE CERF SE VOYANT DANS L'EAU.

Un cerf, après avoir bu (m. à m. *comme* il avait bu), s'arrêta auprès de la source (resta sur le bord de la source) et vit son image dans l'eau. Là, *tandis qu'*il admire *et* qu'il vante ses cornes bien garnies de branches (l'abondante ramure de ses bois), et qu'il critique l'excessive finesse de ses jambes, tout à coup, épouvanté par les cris des chasseurs, il *se mit à* fuir à travers la plaine et déjoua les chiens par sa course légère (et mit la meute en défaut par la légèreté de sa course). *Mais comme* il était entré dans la forêt, ses cornes furent arrêtées par les branches et empêchèrent sa course (mais une fois entré en forêt, ses bois se prirent dans les branches et arrêtèrent sa course). Aussi fut-il atteint *par* les chiens, et en mourant il s'écria : « *Malheur* à moi ! Je comprends enfin maintenant quel service rend ce que j'ai méprisé et quel dommage m'a causé ce que j'ai vanté ! »

QUESTIONNAIRE

La place de l'adverbe *ne* indique sur quel mot porte spécialement l'interrogation, et la réponse que l'on désire.

Habitatne ibi frater tuus ? — Rép. Habitat.
Ton frère *habite-t-il* ici? — Rép. Il y habite.
Ibine habitat frater tuus ? — Rép. Ibi.
Est-ce *ici* qu'habite ton frère? — Rép. Ici.
Fraterne tuus ibi habitat ? — Rép. Frater.
Est-ce ton *frère* qui habite ici? — Rép. Mon frère.
Tuusne ibi frater habitat? — Rép. Meus.
Est-ce *ton* frère *à toi* qui habite ici? — Rép. Mon frère à moi.

[Élève, p. 142]   **143. Exercice.**

1. Videsne pulchrum hunc hortum? Etiam (Video). — **2.** Illumne hortum vidisti ? Etiam (Illum). — **3.** Ambulatne ibi aliquando frater tuus? Non (ambulatne ibi nonnunquam frater tuus? Nunquam ambulat). — **4.** Nonne fons est illic? Est. — **5.** Nonne eum aspicis? Aspicio. — **6.** Vidistine vicinum nostrum Menedemum? — **7.** Menedemumne vidisti? — **8.** Nonne canis similis est lupo? — **9.** Num mentem amisisti ? — **10.** Ridesne an defles? — **11.** Utrum devicti sunt hostes annon? — **12.** Utrum adversus hostes dux copias ducet an castra defendet? — **13.** Mene quæritis annon ? — **14.** Brevisne est an longus is gladius ?

CHAPITRE VII

LA PRÉPOSITION

[Élève, p. 143]   **144. Exercice.**

1. Hostes pergebant ad urbem. — 2. Ad noctem depugnatum est. — 3. Pugnabatur ad impedimenta. — 4. Venire cupit ad fratrem meum. — 5. Apud Helvetios, homo nobilissimus erat Orgetorix. — 6. Hæc narratio invenitur apud Phædrum. —7. Miles ante portam stabat. — 8. Ante lucem ad te veniam. — 9. Post me erat frater meus. —10. Post mortem filii, hæc misera mater vitam tolerare *non jam poterat*. — 11. Circa forum magnifica surgebant templa. — 12. Captivi intra arcem inclusi erant. — 13. Milites extra castra cucurrerunt. — 14. Ii puniebantur qui pugnabant extra ordines. — 15. Super tumulum erecta est columna. — 16. Quis supra te habitat? — 17. Vestis non infra genua descendebat. — 18. Mons Jura inter Sequanos et Helvetios surgebat. —19. Inter milites accepti sunt transfugæ.

[Élève, p. 146]   **145. Exercice.**

1. Hostes manserant citra Euphratem. — 2. Cæsar ultra eum locum habebat castra. — 3. Galli terras omnes trans Padum obtinebant. — 4. Hic rivus per silvam fluit. — 5. Per totam noctem depugnatum est.—6. Dionysius imperium adeptus erat per scelus. — 7. Præter spem acta sunt omnia. — 8. Præter Platæenses, nullus Atheniensibus adjuvit populus. — 9. Præter ea incommoda, *in loco* iniquo acies constiterat. — 10. Agmen eo itinere, propter augustias, *ire* non *poterat*. — 11. Propter frigora, frumenta matura non erant. — 12. Ob eam rem profectus est. — 13. Rex, ob egregiam erga Romanos fidem, amplissima accepit munera. — 14. Nemo *ausus est* adversus eum certare. — 15. Tuam *novi* erga me benevolentiam. — 16. Penes consulem erat victoria.

[Élève, p. 147] **146. Texte à apprendre par cœur.**

L'AME EST IMMORTELLE.

Dans Xénophon, Cyrus mourant dit ce qui suit : « *N'ayez pas l'idée de* croire, mes très chers fils, que, quand je me serai séparé de vous, je ne serai nulle part. En effet, tandis que j'étais avec vous, vous ne voyiez pas mon âme, mais d'après les actes que j'accomplissais vous compreniez qu'elle existait dans le corps que voici. Croyez donc toujours que je suis le même, même si vous ne me voyez plus. Et même (bien plus) quand la constitution d'un homme se dissout par la mort, on voit clairement où toutes les autres choses se retirent (où tout le reste se retire) ; elles s'en vont en effet chacune là d'où elles ont pris naissance (chaque élément s'en retourne là d'où il est venu) ; mais l'âme seule ne se voit ni quand elle est présente, ni quand elle s'éloigne. »

(D'après CICÉRON, de Senectute, chap. XXII.)

[Élève, p. 147] **QUESTIONNAIRE**

Il y a *creditote,* et non *credite,* parce que Cyrus recommande à ses fils de croire, non pas au moment où il leur parle, mais *quand il ne sera plus là,* que sa nature ne sera pas changée.

[Élève, p. 148] **147. Exercice.**

1. Venio a matre. — 2. Ii frigidissimi sunt venti qui flant ab Septentrionibus. — 3. Roma condita est a Romulo. — 4. « Post meam mortem, *ajebat* Socrates, animus meus e corpore *tanquam* e carcere avolabit. » — 5. Ex hoc die, impigrum esse discipulum *volo.* — 6. Nauta de prora desiluit. — 7. De ea re cum parentibus tuis loquemur. — 8. Scythæ pro domibus carris utebantur. — 9. Ex urbe sine armis egressi sunt milites. — 10. Statuæ ex marmore et ex ære forum illud ornant. — 11. Agetis ex dignitate vestra. — 12. Ex eo labore æger *factus est.* — 13. Præ virtute contemnendæ sunt divitiæ. — 14. Id pro me non dixisset. — 15. Mecum proficiscere (*ou* proficiscimini).

[Élève, p. 150] **148. Texte à apprendre par cœur.**

LE CHIEN QUI LACHE SA PROIE POUR L'OMBRE.

Il perd justement ce qui lui appartient en propre celui qui cherche à prendre ce qui est à autrui.

Un chien qui (m. à m. *comme*), en passant un fleuve à la nage, *portait* un morceau de viande, vit son image dans le miroir des eaux ; et croyant qu'une autre proie *était portée* par un autre chien (croyant voir une autre proie portée par un autre chien), il *voulut* la ravir ; mais son avidité fut déçue : d'une part, il laissa tomber de sa gueule la nourriture qu'il tenait, et d'autre part, il ne *put* pas pour cela atteindre celle qu'il voulait prendre.

(D'après PHÈDRE, liv. I, fable 4.)

[Élève, p. 150] **QUESTIONNAIRE**

1. *Proprium* et *alienum* sont des adjectifs au neutre pris substantivement. (§ 66, 2o.) — **2.** *Is* sous-entendu. *Is* antécédent de *qui* peut ne pas s'exprimer quand ils doivent être tous deux au nominatif. (§ 91, Règle, Remarque.) — **3.** *Aliam prædam* est à l'accusatif comme sujet du verbe à l'infinitif *ferri*. (Règle 119.) — **4.** Aliam prædam.

[Élève, p. 151] **149. Exercice.**

1. Veniesne in hortum? — **2.** Ambo amici in horto sedebant. — **3.** Darius cum magno exercitu penetravit in fines Scytharum. — **4.** In foro ambulabat Diogenes cum lucerna. — **5.** In conviviis, convivæ rosaceam coronam in capite habebant. — **6.** Incensam navem omnes nautæ reliquerunt et conscenderunt scapham quæ incolumis in portum venit. — **7.** Dionysius tyrannus *ad* impietatem in deos injustitiam in homines addebat. — **8.** Socii lætati sunt ducis in urbem adventu. — **9.** Hannibal *a* patre acceperat in Romanos odium.

[Élève, p. 152] **150. Exercice.**

1. Rex epistulam sub cervical inseruit. — **2.** Sub pellibus hiemem transegerunt Romani. — **3.** Omnia præsidia sub armis erant. — **4.** Marius omnem Numidiam redegit sub potestatem Romanorum. — **5.** Cæsar ad Vesontionem

commeatus causa constitit. — **6.** Multa fecimus faciemus-
que amicorum gratia. — **7.** Qui post erant milites signum
non conspexerunt. — **8.** Ludi post celebrati sunt. — **9.** Ante
non post ioquendum erat.

[Élève, p. 153] **151. Texte à apprendre par cœur.**

PORTRAIT DU FAUX RICHE.

Voyez de quel air nous regarde cet homme qui désire
être appelé riche; ne vous semble-t-il pas dire : « Je vous
donnerais, si vous ne m'étiez pas désagréables? » Mais quand
de sa main gauche il soutient son menton, il pense qu'il
éblouit les regards de tout le monde par le brillant (les
feux) de la pierre précieuse et l'éclat de l'or [de sa bague].
Il ordonne à son petit laquais dans l'oreille qu'on dresse
chez lui les lits pour manger ou bien qu'on demande à
emprunter un nègre à son oncle maternel. Puis il s'écrie
afin que tout le monde l'entende : « Veille à ce qu'on
compte avec soin mon argent avant la nuit. » Le laquais,
qui *connaît* bien déjà le caractère de l'individu : « Envoyez-y
plus d'un homme, *dit-il*, si *vous voulez qu*'il soit compté
d'un bout à l'autre aujourd'hui. » Mais lui : « *Eh bien!* dit-
il, *emmène* avec toi Libanus et Sosie. »

(D'après la Rhétorique à *Herennius*, liv. IV, ch. L.)

CHAPITRE VIII

LA CONJONCTION

[Élève, p. 155]   **152. Exercice.**

1. Mollis educatio omnes corporis et (atque) animi ner-
vos frangit. — **2.** Arcem et urbem (urbemque) milites ever-
terunt. — **3.** Crocodili repunt vel natant (natantve). —
4. Quædam terrarum partes sunt incultæ *quod* aut frigore

aduruntur aut calore torrentur. — 5. Hicne manebis (utrum hic manebis) an in Italiam proficisceris? — 6. « Moritur corpus nostrum, *ajebat* Socrates, at perire non *potest* animus. » — 7. Directum rostrum oscines, sed (verum) accipitres habent aduncum. — 8. Alicui qui uno pede diutissime stare *poterat* Lacedæmonius quidam dixit : « Id ego facere non *possum*, sed omnes faciunt anseres. » — 9. Dominus meus, ajebat asinus, canem amat magis quam me. Sed (verum) dolosus assentator est canis, ego blanditias nunquam adhibui. » — 10. Pro patria non modo (non solum) pugnandum, sed etiam (verum etiam) moriendum est.

[Élève, p. 155]   **153. Version.**

BRAVOURE DE LYSIMAQUE.

Lysimaque fut fameux parmi les généraux d'Alexandre, non seulement par son illustre naissance, mais encore par son courage. Comme Alexandre avait mutilé le philosophe Callisthène et le *promenait* enfermé dans une cage avec un chien, Lysimaque qui avait l'habitude de l'écouter et de recueillir de sa bouche des leçons de courage et de sagesse, lui donna du poison *pour* mettre fin à sa vie et à ses malheurs tout à la fois. *Quand* Alexandre apprit cela (en eut connaissance), il entra dans une telle colère (m. à m., il s'enflamma *tellement*) *qu'*il fit jeter Lysimaque à un lion. Mais, *comme* le lion s'était jeté sur lui (le lion s'étant jeté sur lui), Lysimaque s'enveloppa la main de son manteau, la plongea (m. à m., plongea sa main enveloppée de son manteau) dans la gueule de la bête fauve, lui saisit la langue et étouffa l'animal. Le roi, frappé d'étonnement par un si grand exploit, fit grâce à Callisthène en faveur de la fermeté [de son ami].

[Élève, p. 155]   **QUESTIONNAIRE**

1. *Truncasset*, 3e pers. sing. plus-q.-p. du subj., voix active de *truncare ;* — *clausum*, acc. masc. sing. du participe passé passif de *claudère ;* — *assueverat*, 3e pers. sing. plus-q.-parf. ind., voix active de *assuescère ;* — *finiret*, 3e pers. sing. imp. subj., voix active de *finire ;* — *comperit*, 3e pers. sing. parf. ind., voix active de *comperire ;* — *objici*, inf. prés. passif de *objicère ;* — *immersit*,

3ᵉ pers. sing. parf. ind. voix active de *immergère;* — *dedit,*
3ᵉ pers. sing. parf. indic. de *dare.*

2. Quand il apprit *laquelle chose;* on le traduira en français
comme s'il y avait *hoc, cela,* ou par l'adjectif *ce, cette, ces* avec un
substantif dont l'idée est fournie par ce qui précède, ici : *cette
nouvelle,* par exemple.

CHAPITRE IX

L'INTERJECTION

[Élève, p. 156]   **154. Exercice.**

1. Fabricius inimicus erat Rufini. Tum tamen, *quia* dux
bonus erat, Fabricius civium suffragiis commendavit. —
2. Qui te reliquit, amicus tuus non erat; vera enim amicitia nunquam cessat. — **3.** Mentiendum est nunquam: nam
mendacium vitiorum omnium est princeps. — **4.** Tarquinius Collatinus se abdicavit consulatu *quod* Tarquinii nomen Romanis erat invisum; itaque populus Romanus consulem creavit Valerium qui *postea* nominatus est Publicola.
— **5.** Nemo liber Phocionem *ausus est* sepelire; quamobrem
sepultus est a servis. — **6.** Nocens es : ergo punieris. —
7. Nemo sine virtute beatus esse *potest :* boni igitur esse
conemur.

[Élève, p. 156]   **QUESTIONNAIRE**

1. On emploie *sub* avec l'accusatif quand il faut *pénétrer* dans le
lieu sous lequel on se rend (§ 165, 2ᵒ). — **2.** *In horto* parce que la
personne *se trouve dans* le jardin (§ 165, 1ᵒ). — **3.** On ne peut pas
se servir de *ac* quand le mot suivant commence par une voyelle
(§ 168), 1ᵒ, Rem. I). — **4.** On emploie *que* en le réunissant à la fin
du mot devant lequel on mettrait *et* (§ 168, 1ᵒ, Rem. II). —
5. « *Quamobrem* » décomposé donne *quam ob rem,* littéralement :
à cause de laquelle chose. — **6.** Les conjonctions *vero, autem,
enim, igitur* doivent toujours être le second mot de la phrase
§ 168, 2ᵒ, Rem. 4ᵉ et. 5ᵒ).

SYNTAXE

CHAPITRE PREMIER
SYNTAXE D'ACCORD

[Élève, p. 157]   **155. Exercice.**

1° **1.** Le soleil (*suj.*) luit (*verbe*). — **2.** La terre (*suj.*) est
(*v.*) ronde (*att.*). — **3.** Le temps (*suj.*) est (*v.*) court (*att.*).—
4. Nous (*suj.*) sommes (*v.*) heureux (*att.*). — **5.** Sois (*v.*)
bonne (*att.*). — **6.** Le savant (*suj.*) est (*v.*) modeste (*att.*); l'i-
gnorant (*suj.*) est (*v.*) orgueilleux (*att.*). — **7.** L'espérance
(*suj.*) est (*v.*) un rêve (*att.*). — **8.** La grammaire (*suj.*) est
(*v.*) utile (*att.*). — **9.** La flatterie (*suj.*) est (*v.*) un mensonge
(*att.*). — **10.** Le peuple (*suj.*) nomma (*v.*) Cicéron (*compl.
dir.*) consul (*att. du compl. direct*). — **11.** Pauvreté (*suj.*)
n'est pas (*v.*) vice (*att.*). — **12.** Les Romains (*suj.*) furent
(*v.*) vainqueurs (*att.*). — **13.** Le roi (*suj.*) était (*v.*) le maître
(*att.*). — **14.** Je (*suj.*) suis (*v.*) homme (*att.*). — **15.** Qui (*att.*)
êtes (*v.*) vous (*suj.*)?

2° **1.** Stellæ (*suj.*) lucent (*v.*). — **2.** Ver (*suj.*) est (*v.*) gra-
tum (*att.*). — **3.** Luna (*suj.*) plena (*att.*) est (*v.*). —**4** Pura
(*att.*) est (*v.*) aqua (*suj.*). — **5.** Brevissimum (*att.*) est (*v.*)
tempus (*suj.*). — **6.** Ego (*suj.*) sum (*v.*) miser (*att.*), tu (*suj.*)
felix (*att.*) es (*v.*). — **7.** Este (*v.*) felices (*att.*). — **8.** Justus
(*suj.*) beatus (*att.*) est (*v.*), avarus (*suj.*) miser (*att.*). —
9. Boni (*suj.*) laudantur (*v.*), contemnuntur (*v.*) ignavi (*suj.*).
— **10.** Reges (*suj.*) homines (*att.*) sunt (*v.*). — **11.** Quis (*att.*)
est (*v.*) hic (*suj.*)? — **12.** Tempus (*suj.*) fugit (*v.*). — **13.** In-
docti (*suj.*) sunt (*v.*) superbi (*att.*). — **14.** Romani (*suj.*)
Ciceronem (*compl. dir.*) patrem patriæ (*att. du compl. dir.*)
dixerunt (*v.*).

[Élève, p. 159]   **156. Exercice.**

1. Demosthenes et oratores qui partibus ejus favebant
missi sunt in exsilium. — **2.** Res Xerxes classisque persica

victi sunt *a* Græcis. — **3.** Tarquinius ejusque uxor arrogantes erant ac crudeles. — **4.** Meus frater sororque mea sunt lætissimi.— **5.** Matres et filii trucidati sunt. — **6.** Athenienses urbem suam reliquerant; mulieres, pueri, senes erant abducti. — **7.** Ii agri eaque nemora sunt celeberrima. — **8.** Neque somnus neque vigiliæ nobis sunt salubria *ubi* modum excedimus. — **9.** Arrogantia, injustitia, odium semper exsecranda erunt. — **10.** Conjucta sunt interdum labor et voluptas.

[Élève, p. 160]   **157. Exercice.**

1. Alexander, rex Macedonum, a puero apparuit strenuis et magnanimus. — **2.** Catilinæ scelera Ciceroni consuli ignota non erant. — **3.** Proca, Albanorum rex, duos filios habuit, Numitorem et Amulium. — **4.** Apud Herodotum, patrem historiæ, multæ sunt fabulæ. — **5.** Romani in Capitolio, inexpugnabili arce, deos et leges servabant. — **6.** Vivite simplices et verecundi. — **7.** Fugiunt anni *velut* torrentis aquæ rapidi. — **8.** Lenis et placida fluit sapientis vita. — **9.** Invidiam fuge, terribile venenum.

[Élève, p. 160]   **158. Exercice.**

1. Populus Romanus post cladem *Cannensem* constantiam et robur vere egregium ostendit (*ou* vere egregiam constantiam et robur ostendit). — **2.** Corpora animosque firmissimos enervat mollities (*ou* firmissima corpora animosque...). — **3.** Romani Gracchos interfecerunt quos tueri videbatur gentis gloria; nam claros majores, avum, patrem habebant (*ou* nam majores, avum, patrem clarum habebant). — **4.** Milites Romani summo ardore atque alacritate (*ou* ardore atque alacritate summa) adversus Gallos certabant. — **5.** Perfecta tranquillitate et felicitate (*ou* tranquillitate et felicitate perfecta) sapiens fruitur. — **6.** Dux hostium neque ingenium neque virtutem necessariam (*ou* neque necessarium ingenium neque virtutem) habebat. — **7.** Thebani suo adversus Spartanos certamine adepti sunt (comparaverunt) gloriam nomenque immortale (*ou* immortalem gloriam nomenque). — **8.** Id quod aggrederis ardorem postulat et diligentiam assiduam (*ou* assiduum ardorem postulat et diligentiam id quod aggrederis).

[Élève, p. 161] **159. Texte à apprendre par cœur.**

ARISTIDE EXILÉ.

Quoiqu'Aristide se distinguât tellement par son intégrité qu'il fut surnommé le Juste, cependant, ébranlé dans son crédit par Thémistocle, il fut puni d'un exil de dix années par les suffrages des Athéniens. Comme en s'en allant il remarquait un certain individu votant pour qu'il fût chassé de sa patrie, il lui demanda pourquoi il faisait cela ou quelle faute avait commise Aristide. L'autre (m. à m. celui-là) lui répondit qu'il ne connaissait pas Aristide, mais qu'il supportait avec impatience qu'on l'appelait toujours le Juste.

(D'après CORNÉLIUS NÉPOS, Vie d'Aristide, ch. Ier.)

[Élève, p. 161]   **QUESTIONNAIRE**

1. Surnommer. — 2. *Auquel* il répondit. — 3. *Se* exprimé plus haut, devant *ignorare*.

CHAPITRE II

SYNTAXE DE COMPLÉMENT

[Élève, p. 162]   **160. Exercice.**

RÈGLE 178. — 1. Metus laboris pigritia vocatur. — 2. Culparum nostrarum pœnam solvimus omnes. — 3. Cæcus est amor pecuniæ. — 4. Pars exercitus aufugit. — 5. Classis ducentarum navium quam habebant hostes deleta est. — 6. Apud veteres sacrum habebatur nomen pœtæ. — 7. Aliqui cives raræ virtutis (*ou* rara virtute) hostibus restiterunt. — 8. Canis est animal egregiæ fidei (*ou* fide egregia). — 9. Omnis generis arma congesserant hostes. — 10. Naves Persarum miræ magnitudinis (*ou* mira magnitudine) erant. — 11. Pueri indomitæ pervicaciæ (*ou* indomita pervicacia) magnas sibi parant ægritudines.

[Élève, p. 162]   **161. Exercice.**

1° Règle 178, Rem. II et III. — **1.** Caligula equo suo dedit stabulum ex marmore. — **2.** Fabricii omnis argentea supellex salino constabat. — **3.** Tarquinius Superbus urbem Ardeam obsidebat. — **4.** Urbs Lugdunum ædificata est in flumine Rhodano. — **5.** Urbs Delphi sita est in Parnasso monte. — **6.** Alpes montes *ab* Italia nos dividunt.

2° Règle 179. — **1.** Statua Jovis Olympii quinquaginta quatuor pedes alta erat. — **2.** Campus longus erat decem milia passuum. — **3.** Agger quinquaginta pedes erat latus. — **4.** Milites fossam quinque pedes altam foderunt.

[Élève, p. 164]   **162. Version.**

PAROLES DE PAUL ÉMILE VAINQUEUR.

Lucius Æmilius Paullus, après avoir accueilli avec bonté le roi Persée fait prisonnier par lui (qu'il avait fait prisonnier), se tournant vers les Romains qui l'entouraient dit : « Vous voyez un exemple frappant de l'inconstance des choses humaines. C'est à vous surtout que je dis cela (que je m'adresse), jeunes gens. Il convient donc dans la prospérité de ne prendre aucune décision envers personne avec orgueil et violence et de ne point se fier à la fortune présente, *puisque* personne ne *peut* prévoir l'avenir.

(D'après Tite-Live, XLV, 8.)

[Élève, p. 164]   **163. Exercice.**

Règle 180. — **1.** Proconsul iste erat avidus pecuniæ. — **2.** Cicero gloriæ semper fuit cupidus. — **3.** Scipio erat belli peritus. — **4.** Epaminondas artium pacis haud rudis erat, nam peritissimus erat philosophiæ. — **5.** Bestiæ rationis non sunt participes. — **6.** Cato agriculturæ et civilis scientiæ præcipue peritus erat; sed neque militarium rerum neque litterarum rudis erat. — **7.** Ducum gloriæ milites sunt participes. — **8.** Ante punica bella, Romani rudes erant rerum maritimarum.

[Élève, p. 165]   **164. Exercice.**

1. Apud Romanos, Ciceroni par nullus fuit orator. — **2.** Nonne canis similis est lupo? — **3.** Cæsar locum castris idoneum delegit. — **4.** Latinis vicini Samnites erant. — **5.** Campania Samnitium finibus est finitima. — **6.** Humus horti mei apta est omnis generis plantis. — **7.** Sallustius æqualis fuit Cæsari et Ciceroni. — **8.** Virtus Romanorum erat dissimillima Gallorum fortitudini. — **9.** Abies optimam navibus *materiam* præbet. — **10.** Bellum *Peloponnesiacum* non minus Lacedæmoniis quam Atheniensibus funesta fuit. — **11.** Cicero Demostheni par esse *volebat*.

[Élève, p. 166]   **165. Exercice.**

1. Mœnia vacua erant defensoribus. — **2.** Liberne est omni cura animus tuus? — **3.** Orbus est puer ille miser omnibus bonis quibus vos divites estis. — **4.** Patre et majoribus dignus fuit magnus ille vir. — **5.** Tua indoles laude digna non est. — **6.** Gallia silvis referta erat. — **7.** Te indignum est istud verbum. — **8.** Græcia plena erat civium Romanorum. — **9.** Militibus rebusque omnibus quæ sunt defensioni necessariæ refertum est oppidum. — **10.** Ea regio jumentis egens, verum pecore est affluens. — **11.** Dux plenus est prudentiæ. — **12.** Multi homines orbi ratione esse videntur. — **13.** Dissimulatio est indigna viro bono.

[Élève, p. 167]   **166. Exercice.**

1. Il n'y a rien de plus célèbre que le combat de Marathon; en effet, jamais aucune troupe aussi petite ne mit en déroute des forces aussi grandes. — **2.** L'éloquence est la chose la plus difficile de toutes. — **3.** Les pauvres vivent souvent plus en sûreté que les riches. — **4.** Beaucoup d'adolescents tombent dans les maladies (tombent malades) plus facilement que les vieillards. — **5.** Rien ne paraît être plus magnifique que le ciel. — **6.** Les Numides étaient de beaucoup les plus forts de toutes les nations en cavalerie (m. à m. par la cavalerie). — **7.** Rien ne sèche plus vite qu'une larme. — **8.** Très souvent on ne ressent pas une joie moins vive des objets les plus vils que des plus précieux. — **9.** Le commun des hommes s'émeut et s'effraie des choses vaines plus souvent que des dangers véritables (réels). — **10.** Les plus grands hommes ont souvent été les plus malheureux de tous. — **11.** Bien des gens sont d'avis que les œuvres poétiques anciennes sont meilleures que les modernes à cause de leur seule antiquité (bien des gens sont d'avis que les œuvres poétiques d'autrefois valent mieux que celles d'aujourd'hui à cause de leur antiquité seule). — 12. Les compagnons de Catilina étaient très méchants; lui-même était le plus méchant de tous. — 13. Les heureux ont plus d'amis que les malheureux.

[Élève, p. 167] **QUESTIONNAIRE**

1. Au même cas que le nom ou pronom qu'elle détermine (§ 175). — 2. L'ablatif (§ 183). — 3. Particeps, expers, cupidus, avidus. peritus, rudis (§ 180). — 4. Au datif (§ 181).

[Élève, p. 168] **167. Texte à apprendre par cœur.**

FORCE D'AME D'ARRIA

Cécina Petus, mari d'Arria, était malade, leur fils était malade aussi, et tous deux en danger de mort, à ce qu'il semblait. Le fils mourut; il était d'une beauté peu commune, d'une modestie pareille et très aimé (adoré) de ses parents. Sa mère lui prépara des funérailles, conduisit le convoi funèbre de telle façon que son mari l'ignora. Bien plus, toutes les fois qu'elle entrait dans sa chambre à coucher, elle feignait que leur fils était vivant et même qu'il se trouvait mieux. Et comme il lui demandait très souvent ce que faisait l'enfant, elle répondait : « Il a bien reposé, il a pris de la nourriture avec plaisir. » Ensuite, quand ses larmes longtemps contenues jaillissaient, elle sortait. Alors elle se donnait à sa douleur (elle donnait un libre cours à sa douleur).

(D'après PLINE LE JEUNE, *Lettres*, liv. III, lettre 16.)

[Élève, p. 169] **168. Exercice.**

RÈGLE 187. — 1. Les Syriens adoraient les poissons, les Égyptiens les chats, les loups, les chiens, les crocodiles. — 2. Quel peuple, quel homme ne loue la bienfaisance et la reconnaissance, [et] ne blâme la malveillance et l'ingratitude? — 3. Un souci continuel tourmente les avares. — 4. Les lettres ornent la jeunesse [et] charment la vieillesse. (Les lettres font l'ornement de la jeunesse et le charme de la vieillesse). — 5. Une bonne espérance (un bon espoir) fortifiera ce pauvre homme. — 6. Par un bienfait de Dieu,

ni la nourriture ni la boisson ne manquent aux hommes.
— 7. Thémistocle n'évita pas (n'échappa point à) l'envie de
ses concitoyens. — 8. Ce n'est pas nous que trompent les
vices qui imitent la vertu. — 9. Il a vengé son père. —
10. Je te vengerai en raison de ces paroles-là.

[Élève, p. 169]   **169. Exercice.**

1º RÈGLE 188. — 1. Cadmus enseigna aux Grecs l'alphabet
des Phéniciens. — 2. Chaque jour César demandait instam-
ment (réclamait) du blé aux Éduens. — 3. Bien des gens
demandent à Dieu de leur donner des richesses (bien des
gens prient Dieu de leur donner la richesse). — 4. Le père
demanda à son fils son avis (l'avis de son fils). — 5. Je n'ai
pas caché cela à mon père. — 6. *Lorsque* Tarquin l'Ancien
fut tué, sa femme fit fermer le palais et cacha sa mort au
peuple.

[Élève, p. 170]

2º RÈGLE 189. — 1. Sagonte, ville forte d'Espagne très
riche, qu'Hannibal détruisit, était éloignée de la mer de
mille pas. — 2. L'armée des Gaulois était à une distance
d'environ six mille pas du camp des Romains. — 3. Les
poutres étaient éloignées l'une de l'autre de deux pieds. —
4. Ma maison est éloignée de la route de dix pas (est à dix
pas de la route *ou* de la rue). — 5. Les soldats entourèrent
la place d'une palissade et d'un fossé qui était éloigné des
remparts de cinq cents pieds.

[Élève, p. 170]   **170. Exercice.**

1. Miltiades accusatus est proditionis. — 2. Pigritiæ et
neglegentiæ me ipsum damno. — 3. Convictus es pigritiæ.
— 4. *Cum* lupus vulpem furti insimularet, simius, judex
litis, exclamavit : « Tu, lupe, quereris, *etsi* nihil amisisti ;
tu, vulpes, quod *a* te repetitur cepisti. »

[Élève, p. 171]   **171. Exercice.**

1. J'ai fait du bien à beaucoup de gens qui me nuisent
maintenant. — 2. Bien des souverains se sont appliqués
aux arts libéraux. — 3. Mon frère étudie l'agriculture, moi,
j'étudie les lettres. — 4. Appliquez-vous à la vertu. —
5. Les méchants ont l'habitude de dénigrer la gloire des

hommes de bien. — 6. Il ne faut jamais porter envie aux hommes distingués (supérieurs). — 7. Il est glorieux d'épargner les ennemis vaincus. — 8. La femme du prisonnier supplia le roi en faveur de son mari. — 9. Le roi de Mauritanie Bocchus favorisait les Romains. — 10. Tu ne me persuaderas jamais. — 11. Codrus n'épargna pas sa vie pour servir (m. à m. *pour qu'il servit*) les intérêts de sa patrie. — 12. Porcia était mariée (m. à m. s'était mariée) à Brutus. — 13. Le médecin guérit les maladies. — 14. Les cultivateurs de Lycie dirent du mal de Latone. — 15. En amitié on ne demandera l'un à l'autre (m. à m. l'un ne demandera à l'autre) rien que d'honnête et de droit. — 16. Canius désirait acheter des jardins à Pythius. — 17. Les Lacédémoniens demandèrent conseil au roi des Perses.

[Élève, p. 171]　　　**172. Exercice.**

1. Athenienses Thrasybulo qui eis libertatem reddiderat, coronam oleagineam dederunt. — 2. Audentibus fortuna favet. — 3. Exercitus Romanus Gallorum impetui non *potuit* resistere. — 4. Pueri debent obedire parentibus et magistris. — 5. *Cum* valemus, ægris facile consilia damus. — 6. Alexander matri atque uxori Darii regis quæ ei supplicabant, pepercit. — 7. Mortem ducum clademque exercitus fugientes regi nuntiaverunt.

[Élève, p. 172]　　　**173. Exercice.**

1. Leoni vox est terribilis (*ou* Terribilem vocem habet leo). — 2. Sunt cervis gracilia crura (*ou* cervi habent gracilia crura). — 3. Sertorio erat cerva eximiæ pulchritudinis (*ou* Sertorius eximia pulchritudine cervam habebat). — 4. Lydiis multi ante Crœsum reges fuerant (*ou* multos ante Crœsum Lydii habuerant reges). — 5. Est fratri meo filius indomiti ingenii (*ou* frater meus filium habet indomito ingenio). — 6. Familiarissimæ mihi erant cum illo viro consuetudines. — 7. Themistocles et Aristides ejusdem urbis erant. — 8. Plauti est hic versus. — 9. Apud Romanos omnia quæ fuerant uxoris mariti erant. — 10. Adulescentiæ temeritas est, senectutis prudentia. — 11. Est mihi amicus qui pulcherrimam domum habet (*ou* amicum habeo

cui domus est pulcherrima). — **12.** Hæc domus mea est,
illa fratris mei.

[Élève, p. 173]   **174. Version.**

LA PUISSANCE FAIT HONNEUR, SI ELLE EST UN INSTRUMENT
DE SALUT.

Lucius Cinna avait dressé des embûches à César Auguste
(avait formé un complot contre C. A.). Mais *comme* Auguste
hésitait entre des avis divers et opposés, sa femme Livie
s'adressa enfin à lui, et : « Admettez-vous, dit-elle, le
conseil d'une femme ? *Faites* ce qu'ont coutume de faire les
médecins qui, *quand* les remèdes habituels ne réussissent
pas, en essayent d'opposés. Vous n'avez jusqu'ici avancé en
rien par la sévérité (la sévérité jusqu'ici ne vous a servi
de rien) ; essayez maintenant la clémence. Pardonnez à
Cinna. Il est saisi (il est arrêté) ; il ne *peut* plus vous nuire,
[mais] il peut *être utile* à votre renommée. » Livie parut
bien conseiller (donner un bon conseil) : Auguste pardonna
à Cinna.

                    (D'après SÉNÈQUE, *De Clementia*, liv. I, ch. IX.)

[Élève, p. 173]   **175. Exercice** (RÈGLE 195).

1. Avaritia est hominibus magno detrimento. — **2.** Curæ
sunt mihi tuæ molestiæ. — **3.** Anseres Capitolii Romæ saluti
fuerunt. — **4.** Cur derisui est tibi tuæ sororis timor ? — **5.**
Mors Scipionis Romanis fuit magno dolori. — **6.** Maximo
Romanis fuerunt detrimento latifundia. — **7.** Bene instituti
adulescentes decori sunt parentibus. — **8.** Verecundia
adulescentibus decori est. — **9.** Multis hominibus exilio
fuit superbia. — **10.** Hominibus virtus est gloriæ et felici-
tati, cupiditates magno malo. — **11.** Scientia virtusque
homini sunt gloriæ et solacio.

[Élève, p. 174]   **176. Exercice.**

1. Ægritudo privat homines sommo. — **2.** Milites vestibus
hostes spoliaverunt *quia* ipsi frigore conficiebantur. —
3. Regina Thomyris sanguine humano implevit utrem
in quem Cyri caput conjecit. — **4.** Domini boni cavea vini
et olei semper est plena, villa autem abundat lacte, caseo,

melle. — 5. Mali sunt infelices, *etiam cum* voluptatibus
abundant. — 6. Vita *quam* patria carere *malo*. — 7. Cambyses, rex Persarum, a patre Dario immensum acceperat
imperium; omnibus abundabat bonis quæ habere *potest*
homo; at iis quæ dant sapientia et moderatio carebat
voluptatibus.

[Élève, p. 174] **177. Exercice.**

1. Primi pictores quatuor tantum coloribus utebantur. —
2. Meo consilio utere (utimini). — 3. Servilibus ministeriis
isti homines funguntur. — 4. Publicis muneribus cives
Romani fungebantur sine mercede. — 5. Finibus Remorum
Cæsar potitus est. — 6. Glande vescebantur primi homines.
— 7. Ursi non vescuntur cadaveribus. — 8. Multi homines
præsenti felicitate frui nesciunt. — 9. Pythagorei philosophi non vescebantur faba. — 10. Utemur benignitate tua.

[Élève, p. 175] **178. Exercice.**

1. Catilinæ conjuratio detecta est a Cicerone. — 2. Romæ,
munera Pyrrhi non modo a viris sed etiam a mulieribus
spreta sunt. — 3. Cicero ab Octaviano est relictus et proditus. — 4. Diliguntur a magistris studiosi discipuli. — 5. Labor
levatur consuetudine. — 6. Avaritia homines cæcantur. —
7. Sanitas temperantia servatur. — 8. Bonis legibus servantur
civitates. — 9. Romanorum disciplina Galli victi sunt. —
10. Sæpe reges produntur ab iis quibus maxime faverunt. —
11. Nobis omnibus hinc proficiscendum est. — 12. Vitium
fugiendum est omnibus.

[Élève, p. 176] **179. Texte à apprendre par cœur.**

PORTRAIT DE CATILINA.

Lucius Catilina, né d'une famille illustre, fut d'une grande
force d'âme et de corps, mais d'un esprit mauvais et pervers. Dès sa jeunesse, les guerres intestines, les meurtres,
les rapines, la discorde civile lui furent agréables, et il y
exerça son âge mûr. Son corps savait supporter le jeûne, le
froid, la privation de sommeil, au delà de tout ce qu'on
peut imaginer (m. à m. plus qu'il n'est croyable à personne); son âme était audacieuse, rusée, mobile; con-

voiteux du bien d'autrui, prodigue du sien, il était ardent dans ses passions; il avait assez d'éloquence, peu de sagesse. Après la domination de Lucius Sylla, un très grand désir d'envahir l'État s'était emparé de lui (depuis la domination de L. Sylla, il était possédé du plus vif désir de s'emparer du gouvernement).

(D'après SALLUSTE, *Catilina*, ch. v.)

[Élève, p. 177] **180. Exercice.**

1. Duces exercitus tuba milites convocant. — **2.** Corvus vultum oculosque Galli rostro et unguibus petiit. — **3.** *Cum* consul regrediebatur *domum*, lictor ostium percutiebat virga. — **4.** Vir probus pecunia non corrumpitur. — **5.** Amicus meus venit cum pecunia. — **6.** Romani stylo scribebant *in* cera. — **7.** Catilina cæsus est cum exercitu.— **8.** Scapha piscatoria Ap. Claudius consul fretum Siculum trajecit.

[Élève, p. 177] **181. Exercice.**

1. Res publica Romana duobus dissimilibus malis, avaritia et luxuria, laborabat. — **2.** Cæsar clarus erat beneficiis ac liberalitate, Cato integritate. — **3.** Pulchritudine et virtute sua, Darius, Hystaspis filius, regno dignus erat. — **4.** Bello Peloponnesiaco, Athenienses Syracusanis bellum indixerunt auctoritate consilioque Alcibiadis. — **5.** Qui felicitate sua nimis superbit, sæpe acerbissimam sibi parat pænitentiam. — **6.** Hannibal vi cepit Saguntum, urbem Romanis fœderatam. — **7.** Prudens orator ea omittit quæ aliquo modo eos lædere *possunt* qui eum audiunt.— **8.** Æquis condicionibus pacem Romani composuere. — **9.** Nemo viribus ac virtute Alexandrum æquabat. — **10.** Inter animalia, alia viribus, alia dolis se defendunt. — **11.** Demosthenes vi et simplicitate oratorum est princeps.

[Élève, p. 178] **182. Exercice.**

1. Tarquin le Superbe régnant, Pythagore vint en Italie (sous le règne de T...). — **2.** La défaite de Cannes ayant été reçue, les Romains ne furent pas abattus (après avoir essuyé la défaite de Cannes, les Romains ne se laissèrent pas abattre). — **3.** Alexandre avait déclaré très souvent que, le

monde étant soumis, il retournerait en Macédoine. — 4.
Alexandre mourut à Babylone, la trente-troisième année
de son âge n'étant pas encore accomplie.—5. Le roi Darius,
ayant appris la défaite de ses lieutenants auprès du fleuve
du Granique, résolut de décider lui-même la chose par une
bataille rangée, et ayant préparé des troupes nouvelles et
immenses, il partit contre Alexandre (le roi Darius, à la
nouvelle que ses lieutenants avaient été battus sur les bords
du fleuve du Granique, résolut de tenter en personne la
fortune des armes, et après avoir réuni de nouvelles troupes
en nombre immense, il marcha à la rencontre d'Alexandre).
— 6. La lutte des patriciens et des plébéiens s'interrompait
si la guerre naissait (éclatait) contre les ennemis; mais, les
ennemis vaincus, la discorde s'allumait de nouveau.

[Élève, p. 179] **183. Exercice.**

1. Milites in munitionibus suis tranquilli manserunt. —
2. Socii Catilinæ sunt comprehensi et in carcere strangu-
lati.— 3. Pueri saltavere et cucurrere in horto. — 4. Lace-
dæmone colebantur senes. — 5. Multi Romani Gadibus
negotiabantur.— 6. Marius castellum in quo congerebantur
regis Bocchi divitiæ expugnavit. — 7. Alexander mortuus
est Babylone. — 8. Arpini in Volscis natus erat Cicero. —
9. Brutus studuerat philosophiæ Athenis et eloquentiæ
Rhodis, *sicut* Cicero. — 10. Non est domi pater meus.

[Élève, p. 180] **184. Exercice.**

1. Postumius consul in insidias quas ei paraverat dux
Samnitium incidit. — 2. Omnes viæ (omnia itinera) ducunt
Romam. — 3. In questus eruperunt milites adversus ducem
qui eos in hunc locum difficilem duxerat. — 4. Cicero
Athenas primum *se contulit* ubi Antiochum philosophum
audivit; deinde petiit Rhodos ubi eloquentiæ artem clarus
ille rhetor Molo docebat.— 5. Rhenus influit in Germanicum
mare. — 6. Octavianus a Cæsare missus est Apolloniam
ubi liberaliter educatus est. — 7. Non est domum regressus
frater meus. — 8. Socii Catilinæ in carcerem conjecti
erant. — 9. Susa ad Darium, regem Persarum, Hippias
aufugit. — 10. Octavianus Alexandriam, quo Antonius con-

fugerat cum Cleopatra, oppugnavit. — **11.** Susa Histiæus vocatus erat a rege Dario qui deinde in Ioniam eum dimisit. — **12.** Aufugerat servus quidam Athenas, deinde in Asiam ; Ephesi comprehensus reductus est Romam.

[Élève, p. 180]   **185. Exercice.**

1. Cimbri, profecti ex extremis Germaniæ regionibus, pergebant ad Italiam terrasque postulabant. — **2.** Catilina Roma ad exercitum aufugit quem in Piceno collegerat. — **3.** Cadmus e Phœnicia Thebas, Cecrops ex Ægypto Athenas venit. — **4.** Legati Delphis Romam reverterant. — **5.** *Mane* domo profectus est meus pater ; domum revertetur *vesperi*. — **6.** Frater meus ex itinere est regressus. — **7.** *Postquam* bellum confectum est, dimissus est exercitus militesque ex Asia domum reverterunt.

[Élève, p. 181]   **186. Exercice.**

1. *Ubi* egressus est magister e schola, domum dimisit pueros qui ludebant in horto. — **2.** Qui Roma egrediebatur via Appia, clarissimorum Romanorum sepulcra dextra lævaque aspiciebat. — **3.** Hostes se receperunt eadem via qua venerant, — **4.** Uno ponte omnem exercitum dux traduxit. — **5.** Urbs terra marique oppugnata est. — **6.** Omnes frumenti commeatus Romam fluvio vecti sunt. — **7.** Angusta semita ægre progredi coacti sunt milites.

[Élève, p. 181]   **187. Version.**

LE SOLEIL ET LES GRENOUILLES.

Esope vit les noces d'un voleur son voisin où il y avait beaucoup de monde et sur-le-champ il commença à raconter ce qui suit : Autrefois *comme* le Soleil *voulait* prendre femme, les Grenouilles poussèrent des cris jusqu'aux astres. Ému de leur vacarme, Jupiter demande le sujet de leur plainte. Alors une habitante des marais : « Maintenant (en ce moment), *dit-elle,* un seul soleil dessèche tous les lacs et nous force malheureuses [que nous sommes] à mourir dans nos demeures mises à sec ; que sera-ce, s'il a des enfants ? »

(PHÈDRE, liv. I, fable VI.)

[Élève, p. 182] **188. Exercice**

1. Clarissimi ætatis suæ duces, Scipio, Hannibal, Philo-
pœmen, eodem anno mortui sunt. — 2. Sequana hoc anno
bis exundavit. — 3. Dionysius tyrannus aureum Jovis pal-
lium surripuit : « Nimis, *ajebat*, æstate calidum est, hieme
frigidum. » — 4. Principio, consules et prætores Romani
magistratum inibant vicesimo quinto Martii ; postea, primo
Januarii. — 5. Saturnus triginta annis orbem conficit, luna
diebus viginti octo.

[Élève, p. 183] **189. Exercice.**

1. Matrona quædam Romana quæ junior quam erat
videri *volebat*, semper dicebat se natam esse annos triginta.
« Verum illud esse debet, *inquit* Cicero ; id enim vicesimum
prinum annum dicit. » — 2. Imperator Augustus quadraginta annos, æstate *et* hieme, idem habitavit cubiculum. —
3. Cæsar novem annis Galliam subegit. — 4. Pompejus pira-
tas delevit diebus quadraginta. — 5. *Cum* alter consulum
mortuus esset ultimo die mensis decembris, Cæsar, septima
hora, Caninium consulem creavit *in* reliquum diei. De hoc
consule Cicero dicebat : « Mira fuit Caninii vigilantia, nam
per totum consulatum somnum non vidit. »

[Élève, p. 183] **190. Version.**

LE LOUP ET L'AGNEAU.

Un loup et un agneau poussés par la soif vinrent au
même ruisseau. Le loup se tenait plus haut, l'agneau bien
plus bas. Alors le méchant brigand chercha un motif de
querelle : « Pourquoi, dit-il, rends-tu l'eau trouble
(troubles-tu l'eau) *tandis que* je bois ? » L'agneau plein de
frayeur répondit : « Comment *puis-je* le faire ? L'eau coule
de vous à moi. » L'autre grinçant des dents : « Je sais, dit-il,
que tu médis de moi l'an passé. » L'agneau répondit : « Je
n'étais pas encore né alors. — C'est ton père, *dit* le loup,
qui a dit du mal de moi. » Et ainsi (et alors) il saisit
l'agneau et le met en pièces (m. à m. il met en pièces
l'agneau saisi).

(D'après PHÈDRE.)

4.

CHAPITRE III

SYNTAXE DES MODES

[Élève, p. 184]   **191. Exercice.**

1. Festina lente. — **2.** Loquimini parum, cogitate (cogitatote) multum. — **3.** Bona quæramus, mala fugiamus. — **4.** Secreta sint vestra beneficia. — **5.** Post mortem Scipionis Africani, Metellus inimicus ejus, dixit filiis suis : « *Ite*, pueri, magni illius viri funera celebrate, nunquam majori viro illud officium præstabitis. » — **6.** Suo quisque diligenter fungatur munere. — **7.** Amicos diligamus potius *quam* nos ipsos. — **8.** In rebus prosperis arrogantiam, in adversis abjectionem animi fugitote. — **9.** Ne vulgaveris arcanum quod tibi commissum est. — **10.** Ne credamus omnia quæ audimus, ne dicamus omnia quæ credimus. — **11.** Ne quemquam irriseris.

[Élève, p. 185]   **192. Exercice.**

1. Cependant le général, comme il voyait (voyant) les assiégés prêts pour la défense, faisait avancer des mantelets, construisait un remblai, élevait des tours, enfin pressait tous les travaux. Contre ces choses (en revanche), les habitants de la place ne négligeaient rien, se hâtaient, faisaient des préparatifs (hâtaient leurs préparatifs). — **2.** Pour Jugurtha vraiment ni le jour ni la nuit n'étaient tranquilles (Jugurtha vraiment, n'avait de repos ni le jour ni la nuit) : il ne se fiait ni aux lieux, ni aux hommes ; il craignait ses compatriotes et ses ennemis ; il regardait tout autour de lui et s'effrayait de tout bruit ; chaque jour il changeait de guides et de routes ; il marchait tantôt à la rencontre de l'ennemi, tantôt vers les déserts ; souvent il mettait son espoir dans la fuite et peu après dans les armes ; aussi tout ce qu'il entreprenait lui était contraire (se tournait contre lui).

CHAPITRE IV

SYNTAXE DES PROPOSITIONS SUBORDONNÉES

[Élève, p. 185]   **193. Thème.**

TITUS MANLIUS ET GALLUS.

Cum Galli trans Anienem castra posuissent, exercitus Romanus ex urbe profectus est et citra fluvium constitit. Pons erat inter Romanos Gallosque. Tunc Gallus eximia corporis magnitudine in pontem processit : « Fortissimus Romanorum, *inquit*, huc procedat, et mecum pugnet. » Nihil responderunt Romani. Tandem T. Manlius adiit imperatorem veniamque pugnandi ab eo petivit. Eam impetravit atque arma cepit (qua impetrata, arma cepit).

[Élève, p. 186]   **194. Thème.**

DE TITO MANLIO ET GALLO FINITUR.

Eum exspectabat Gallus, linguam exserens. *Ubi* conseruit manus uterque, Gallus ensem dejecit in arma Manlii qui plagæ restitit. Manlius vero insinuavit sese inter corpus et arma Galli atque gladio ei ventrem transfodit. Deinde detraxit torquem quo ornatus erat eumque etiam tum cruentum collo circumdedit suo. Defixerant pavor atque admiratio Gallos. Romani lætissimi (alacres) militem suum circumsistunt, laudibus ac gratulationibus cumulant deinde ad imperatorem perducunt. Inde Torquati nomen accepit.

[Élève, p. 187]   **195. Exercice.**

1. Celui qui lira l'histoire des Romains apprendra par quels hommes et par quelles vertus ce peuple a soumis le monde. — 2. Les Lacédémoniens ne demandaient pas combien nombreux mais où étaient les ennemis (les Lacédé-

moniens ne s'informaient pas du nombre des ennemis mais du lieu où ils étaient). — 3. Alexandre, comme il ne voyait pas comment le nœud Gordien *pouvait* être dénoué, le trancha (ne voyant pas comment on pouvait dénouer le nœud Gordien, Alexandre le trancha). — 4. Je ne vois pas trop ce qu'il faut faire (m. à m. ce qui doit être fait n'est pas assez clair pour moi). — 5. *Tu peux* demander à bon droit si les méchants *peuvent* vivre heureux. — 6. Il s'agit de savoir si nous devons partir. — 7. L'homme sage ne se soucie pas s'il a une grande fortune ou non. — 8. Dans un jugement on recherche s'il s'est commis une mauvaise action ou non.

[Élève, p. 187]   **196. Exercice.**

1. Scio quis profectus sit. — **2.** Vobis ostendi cur hoc bellum esset necessarium. — **3.** Scitisne quid vobis agendum sit. — **4.** Epaminondas, pugna ad Mantineam graviter vulneratus, quæsivit ab amicis salvusne esset clipeus (num salvus esset clipeus). — **5.** Ab Hannibale filio Hamilcar quæsivit cuperetne (num cuperet) in Hispaniam proficisci. — **6.** Doce me uter venerit materne tua an frater. — **7.** Scire *volo* utrum egressus sis necne. — **8.** Difficile est dicere utrum funestior hostibus in bello an civibus in pace Marius fuerit (difficile est dicere hostibusne in bello an civibus in pace funestior Marius fuerit).

[Élève, p. 188] **197. Texte à apprendre par cœur.**

Les textes devront être appris par cœur; nous avons voulu les traduire le plus exactement possible, sans aucune préoccupation d'élégance.

TALENTS MILITAIRES D'HANNIBAL.

Il est difficile de dire si Hannibal fut plus admirable dans les circonstances contraires ou dans les circonstances favorables (dans les revers ou dans les succès). Il fit la guerre pendant treize ans sur le territoire des ennemis; il était à la tête d'une armée composée d'un ramassis [d'hommes] de toutes les nations qui n'avaient ni loi, ni coutume, ni langue communes, mais une autre physionomie, un autre habillement, d'autres armes, d'autres cérémonies religieuses, d'autres sacrifices, d'autres dieux presque. Cependant il les réunit par un lien unique, de telle façon qu'aucune sédition ne se produisit ni entre eux ni contre leur chef, alors que souvent l'argent pour la solde et les vivres manquaient sur le territoire ennemi.

(D'après TITE-LIVE, liv. XXVIII, chap. XII.)

[Élève, p. 188] **QUESTIONNAIRE**

1. *Utrum* et *an* sont des adverbes d'interrogation. —2. Parce qu'en latin le verbe de l'interrogation indirecte se met toujours au subjonctif et qu'ici *fuerit* dépend de l'adverbe interrogatif *utrum* (§ 215). —3. Parce qu'avec la préposition *in*, il indique le lieu où était Hannibal (§ 165, 1°). —4. *Ex* signifie *de;* il indique la *matière* dont était faite l'armée d'Hannibal. (Cf. *vas ex auro*, § 164.)

[Élève, p. 189] **198. Exercice.**

1. Cum voluptate audivi te valere. — 2. Videmus lunam non nunquam obscurari terræ umbra. — 3. Parentes tui cum voluptate audient te a magistro laudatum esse. — 4. Omnia studia scitis non eadem esse. — 5. Cineas Pyrrho dixit Romam templo esse similem senatumque consilio regum. — 6. « Juro, *ait* Cicero, rem publicam urbemque Romam a me uno servatam esse. » — 7. Rex exclamavit se non esse Romanorum servum. —8. Gallorum legatis Cæsar respondit eos *sibi* sinceros non videri. — 9. Eam rem existimo brevi confectum iri.

[Élève, p. 190] **199. Exercice.**

1. Erratis *si* putatis vos recta via procedere. — 2. Sperat orator se moturum esse auditorum animos. — 3. Athenienses dicebant se sapientissimos esse omnium populorum. —4. Chaldæi credebant se habere scientiam futuri. — 5. Puto me hodie proficisci *posse.* — 6. Puto me tibi quid sentiam dixisse. — 7. Credisne te omnia providisse? — 8. Num putas te nunc esse paratum? — 9. Putasne te mox fore paratum?

[Élève, p. 190] **200. Version.**

SCIPION NASICA ET LE POÈTE ENNIUS.

Scipion Nasica était très lié (m. à m. vivait très intimement) avec le poète Ennius. *Comme* il était venu (un jour qu'il était venu) chez lui et que, demandant [son ami] à la porte, la servante lui avait dit qu'Ennius n'était pas à la maison. Nasica comprit qu'elle avait répondu par ordre de son maître et qu'il était bien chez lui (m. à m. à l'intérieur). Peu de jours après, *comme* Ennius était venu chez Nasica *et qu*'il le demandait à la porte, Nasica cria lui-même qu'il n'était pas à la maison (qu'il n'y était pas.) Alors Ennius : « Comment? Ne connais-je pas ta voix? dit-il. » Alors Nasica : « Tu es un effronté : moi, *comme* je te demandais, j'ai bien cru ta servante qui me disait que tu n'y étais pas; et toi, tu ne me crois pas moi-même! »

[Élève, p. 191] **201. Exercice.**

1. Turpe est in errore perseverare. — 2. Apud veteres hospitium violare non licebat. — 3. Non est semper facile sed necessarium est cupiditatibus modum ponere. — 4. Pariter est insanum omnibus aut nulli credere. — 5. Omnes debemus virtutem colere. — 6. Statuerunt Athenienses Syracusanis bellum indicere. — 7. Galli statuerant impetum facere in Capitolium; nocte sublustri, in rupem evadere tentaverunt; sed Manlius, anserum clangore expergefactus socios (commilitones) ad arma vocavit hostesque fugere coegit. — 8. Ciceronem interficere, senatores obtruncare urbem incendere, aerarium diripere decreverat Catilina.

[Élève, p. 192] **202. Exercice.**

1. Je vous prie de vous souvenir toujours de votre devoir. — 2. Je vous prie et vous supplie, juges, d'accorder votre pitié à l'accusé (au prévenu). — 3. Thémistocle conseilla aux Athéniens de construire une flotte. — 4. Bien des gens me demandent de m'en aller d'ici. — 5. Avant la bataille César avertit ses [soldats] de ne pas redouter les Gaulois. — 6. Nous sommes naturellement (instinctivement) poussés à fuir la douleur. — 7. Il est difficile de persuader à un tyran de

rendre la liberté à l'État (à son pays). — 8. Il faut prendre garde d'offenser nos amis. — 9. Prends garde de te précipiter dans le danger au hasard. — 10. César ordonna à ses soldats de lâcher le prisonnier. — 11. Je crains que tu ne supportes (que tu n'aies à supporter) des fatigues excessives. — 12. Je crains que nos légions ne devancent pas l'ennemi. — 13. Les Romains craignaient que les Gaulois ne s'en allassent pas de la ville. — 14. Nous craignions que les paroles ne déplussent aux juges.

[Élève, p. 193] **203. Exercice.**

1. Thémistocle, parce qu'il voyait (voyant) qu'il n'était pas assez en sûreté à Argos, se retira à Corcyre. — 2. Ceux qui étaient avec Aristote furent appelés Péripatéticiens, parce qu'ils discutaient en marchant. — 3. Puisque nous sommes parvenus à cet endroit-ci, il nous semble utile de nous arrêter pendant un peu de temps. — 4. Alcibiade étant parti en Asie [avec] une flotte (§ 199), retomba dans l'impopularité parce qu'il n'avait pas eu de succès.

[Élève, p. 193] **204. Thème.**

DÉCOUVERTE DU TOMBEAU D'ARCHIMÈDE PAR CICÉRON.

Cicero, quæstor in Sicilia, Syracusis, inter dumeta et spineta, Archimedis sepulcrum, ab Syracusanis ipsis ignoratum, invenit. Memoria tenebat quosdam versus qui declarabant in sepulcro sphæram esse cum cylindro. Quodam die columellam subito conspexit e dumis eminentem, in qua erat (inerat) sphæræ cylindrique figura, et, *ubi* locus purgatus est, animadversum est ibi esse sepulcrum Archimedis.

[Élève, p. 194] **205. Exercice.**

1. Quoique Miltiade fût accusé de trahison, il y eut cependant un autre motif de condamnation. — 2. César, quoiqu'il comprît pour quelle raison ces choses étaient dites (ils parlaient ainsi), ordonna cependant aux ambassadeurs des Gaulois de venir à lui. — 3. Les médecins, bien qu'ils [le] sachent souvent, ne disent cependant jamais aux malades qu'ils mourront de cette maladie-là (de la maladie dont ils souffrent). — 4. Quoique tu ne

puisses témoigner ta reconnaissance, tu peux du moins
être reconnaissant. — 5. Bien que l'attente des hommes
soit grande, cependant tu la dépasseras (bien que les
hommes attendent beaucoup de toi, cependant tu dépasseras leur attente).

[Élève, p. 194]   **206. Version.**

L'ÉPÉE DE DAMOCLÈS.

Comme un des flatteurs de Denys le Tyran, Damoclès, rap-
pelait dans un entretien (en causant) les ressources de son
[maître], ses richesses, la majesté du pouvoir souverain,
l'abondance des choses (des propriétés), la magnificence
des demeures royales, et disait que jamais personne n'avait
été plus heureux, « *Veux-tu* donc, Damoclès [lui] *dit-il*,
puisque cette vie te charme, y goûter toi-même et essayer
mon sort ? » Damoclès ayant déclaré qu'il le désirait, il fit
placer [notre] homme sur un lit d'or et donna l'ordre à de
jeunes esclaves choisis de se tenir près de la table, et, at-
tentifs à un signe de sa tête, de le servir avec soin. Il y
avait là des huiles parfumées, des couronnes [de fleurs];
des parfums brûlaient ; les tables étaient garnies des mets
les plus recherchés. Damoclès se croyait heureux. Au mi-
lieu de tout cet appareil, le tyran ordonna de faire descendre
du plafond une épée brillante attachée à un crin de cheval,
*de manière qu'*elle fût au-dessus de la tête de ce bienheureux.
C'est pourquoi il ne regardait ni les serviteurs ni la vais-
selle d'argent artistement travaillée et n'étendait pas la main
vers la table ; déjà les couronnes elles-mêmes glissaient [de
sa tête]; à la fin, il supplia le tyran de lui permettre de
s'en aller, parce qu'il disait *ne plus vouloir* être heureux.

(D'après CICÉRON, Tusculanes, V, 61, 62.)

[Élève, p. 195]   **207. Exercice.**

1. Lorsqu'il eut appris cela, Thémistocle se retira à
Corcyre. — 2. Lorsqu'ils eurent appris qu'on reconstruisait
les murs, les Lacédémoniens envoyèrent des ambassadeurs
à Athènes. — 3. Aussitôt qu'Agésilas se fut emparé du pouvoir, il persuada aux Lacédémoniens de faire la guerre au

roi. — 4. Nos soldats n'hésitèrent pas, aussitôt qu'ils aperçurent l'ennemi, à le charger. — 5. Après que César fut parvenu dans le pays des Rémois, il réclama des otages. — 6. Il y a beaucoup d'années que je l'aime. — 7. Quand le printemps est proche, les soldats sortent de leurs quartiers d'hiver. — 8. A peine avais-je lu votre lettre que votre père est venu chez moi. — 9. Comme César s'était aperçu de cela, il envoya la cavalerie au secours de l'infanterie (César s'en étant aperçu, envoya...).

[Élève, p. 196]   **208. Exercice.**

1. Dans le même temps que ces [événements] se passent à Rome, les deux consuls triomphaient de l'ennemi. — 2. Les États de la Grèce, dans le même temps qu'ils veulent exercer le pouvoir chacun séparément, le perdirent tous ensemble (les États de la Grèce, en voulant exercer...). — 3. Tant que Caton vécut, il fut illustre par sa vertu. — 4. J'ai fait ceci tant qu'il m'a été permis [de le faire]. — 5. Horatius Coclès soutint le choc des ennemis tant que les autres Romains coupèrent le pont. — 6. Gardez cette chose secrète jusqu'à ce que je vous voie moi-même. — 7. Il attendit deux heures à l'ancre, jusqu'à ce que le reste des vaisseaux se réunît là. — 8. Les ennemis ne cessèrent pas de fuir avant qu'ils fussent parvenus au fleuve (les ennemis ne cessèrent de fuir que quand ils furent parvenus au fleuve). — 9. Avant que je parle (avant de parler) de l'intérêt public, je vous exposerai mon avis brièvement (en peu de mots). — 10. Avant que les ennemis se retirassent, César conduisit son armée sur le territoire des Suessions.

[Élève, p. 196]   **209. Exercice.**

1. Les fruits, s'ils sont verts, sont arrachés de force aux arbres; s'ils sont mûrs et à point, ils tombent. — 2. Si les nôtres (nos soldats) semblaient en danger sur quelque point, César y faisait avancer des troupes. — 3. Je serais un effronté si j'en demandais plus. — 4. Le jour ferait défaut (serait insuffisant), si *je voulais* apporter (rappeler) tout ce qui a été dit sur la mort de Scipion Émilien. — 5. Lélius négligeait l'agrément du dîner (dédaignait les plaisirs de la table); ce qu'il n'aurait pas fait s'il avait placé

le souverain bien dans le plaisir. — **6.** Si vous ne le faites pas sur-le-champ, je vous livrerai au magistrat. — **7.** Si nous n'essayons pas d'accomplir cette chose-ci, nous paraîtrons des gens faibles (nous passerons pour des gens faibles). — **8.** Soit que tu aies quelque chose, soit que tu n'aies rien, écris quand même. — **9.** La chose est facile, soit que tu restes, soit que tu partes, *pourvu que* tu aies confiance en toi-même.

[Élève, p. 197] **210. Texte à apprendre par cœur.**

POLITIQUE DE SCIPION.

Comme Publius Scipion s'était emparé de la Nouvelle Carthage, les soldats lui amenèrent comme captive une jeune fille d'une rare beauté. Scipion s'étant informé de sa patrie et de ses parents, apprit qu'elle était fiancée à un jeune homme [nommé] Allucius, chef des Celtibériens. Sans tarder, il fit venir de chez eux les parents et le fiancé (m. à m. les parents et le fiancé ayant été mandés...); aussitôt qu'ils furent arrivés, il adressa ainsi la parole au jeune [prince] : « Votre fiancée vous a été conservée pour qu'elle pût vous être donnée [comme] un présent digne de vous et de moi. Je stipule en échange de ce présent la seule récompense suivante (le seul prix que je réclame en échange de ce don, le voici) : soyez dorénavant ami du peuple romain, et si vous me croyez homme de bien tel que ces nations-ci ont connu mon père et mon oncle paternel, sachez qu'il y a, dans l'État romain, beaucoup d'hommes semblables à nous. »

(D'après TITE-LIVE, liv. XXVI, ch. L.)

[Élève, p. 197] **QUESTIONNAIRE**

1. Comme complément marquant la qualité qui convient au substantif *virgo*. (Règle 178, Rem. 1.) — **2.** Ablatif absolu. (Règle 201.) — **3.** Parce que Scipion veut dire : « Il y a à Rome bien des hommes semblables *à nous trois* et non : semblables à l'un *d'entre nous*. » (§ 81, Rem. 1.)

[Élève, p. 198] **211. Exercice.**

1. Romulus, pour qu'il augmentât (pour augmenter) le nombre des citoyens, ouvrit un asile où se réfugièrent beaucoup d'exilés (de bannis) et beaucoup de brigands. — 2. Ils sont injustes ceux qui nuisent aux uns pour qu'ils soient (pour être) libéraux envers les autres. — 3. Les oiseaux de proie sont doués d'une vue très perçante, afin qu'ils aperçoivent (afin d'apercevoir) leur proie de loin. — 4. Les consuls avaient un commandement annuel (ne gardaient le gouvernement que pendant un an), pour qu'ils ne conçussent pas d'orgueil par la longue durée du pouvoir.— 5. César occupe la colline afin qu'elle ne soit pas un rempart pour les Gaulois qui fuyaient. — 6. Le peuple romain créa des tribuns pour qu'ils défendissent la liberté contre l'orgueil des patriciens. — 7. Comme il ne paraissait pas y avoir assez de secours dans les consuls (comme les consuls ne paraissaient pas offrir assez de garantie), on décida de nommer un dictateur (m. à m. un dictateur être nommé), pour qu'il rétablît la situation compromise. — 8. L'hirondelle arrache des parcelles de laine, pour qu'elle en construise (pour en construire) son nid. — 9. On créa des décemvirs pour qu'ils proposassent au peuple les lois apportées de la Grèce.

[Élève, p. 198]   **QUESTIONNAIRE**

1. *Quod, quia,* signifiant *parce que; quoniam* signifiant *puisque* (§ 225). — 2. *Quamvis* signifie proprement *que tu veux;* la locution complète serait *tam quam vis,* autant que tu veux, quelque ... que (§ 226, 2°). L'antécédent est sous-entendu comme dans *quivis* pour *is qui vis,* celui que tu veux, n'importe qui (§ 96, 11°). — 3. *Dum* (§ 227). — 4. Avant que (§ 227). — 5. César envoya un lieutenant *auquel* les prisonniers *fussent livrés,* c'est-à-dire *pour qu'on* lui remît les prisonniers.

[Élève, p. 199] **212. Texte à apprendre par cœur.**

AMITIÉ DE LÆLIUS POUR SCIPION.

De toutes les choses qui m'ont été accordées ou par la fortune ou par la nature, je n'ai rien que *je puisse* comparer avec l'amitié de Scipion. Jamais je ne l'ai offensé, pas même dans la plus petite chose; je n'ai moi-même entendu de lui rien que *je n'aurais pas voulu* entendre; nous n'avions qu'une maison (§ 193), qu'une même nourriture et nous la prenions en commun; nos voyages, nos séjours à la campagne étaient communs. Puisque les choses humaines sont fragiles et périssables, il faut toujours chercher avec soin quelques hommes que nous chérissions et par qui nous soyons chéris ; en effet, l'amitié étant enlevée, tout agrément est enlevé de la vie.

(D'après CICÉRON, *de Amicitia*, §§ 102 et 103.)

QUESTIONNAIRE

1. *Quod* se rapporte à *nihil*. — 2. *Ne... quidem* signifie ne *pas... même* (§ 151). — 3. *Idem victus erat* veut dire qu'ils mangeaient *la même* nourriture ; *victus communis erat*, qu'ils la mangeaient *en commun, à la même table*. — 4. *Diligamus* et *diligamur* sont au subjonctif comme propositions indiquant *le but* ; ils dépendent des pronoms *quos* et *quibus* équivalant à *ut eos, ut abeis* (m. à m. : il faut toujours chercher avec soin quelques hommes *pour que* nous *les* chérissions et *pour que* nous soyons chéris *par eux* (§ 229, Remarque). — 5. Ablatif absolu (§ 201).

[Élève, p. 200]   **213. Exercice.**

1. Fabricius fut si pauvre qu'il ne laissa à ses filles pas même la plus petite dot. — 2. Les condisciples de Cicéron enfant (du jeune *ou* du petit Cicéron) l'admiraient tellement qu'en revenant de l'école, ils l'entouraient comme un roi (ils lui faisaient escorte comme à un roi) et le reconduisaient chez lui. — 3. Le fleuve de la Saône coule (va se jeter) dans le Rhône avec une lenteur incroyable, à tel point qu'on ne *peut* juger (1) à l'œil de quel côté il coule. — 4. Alcibiade était d'une sagacité telle qu'on ne *pouvait* le tromper (2). — 5. Agésilas en vint aux mains avec l'ennemi dans des endroits tels (des positions telles) que les troupes à pied étaient fortes. — 6. Les tribuns de la plèbe étaient tels qu'ils défendaient la cause de la liberté. — 7. Je ne suis pas tel que j'aie jamais rien fait dans mon intérêt plutôt que dans celui de mes compatriotes (je ne suis pas homme à avoir jamais rien fait...).

---

1. Impersonnel passif (§§ 130, 131, 132).
2. § 132. Remarque I.

[Élève, p. 200] **214. Thème.**

CATONIS PUERI CONSTANTIA.

M. Cato a puero invictum animi robur ostendit. Cum in domo Drusi avunculi sui educaretur, legati a Latinis missi jus civitatis postulatum Romam venerunt. Popedius, legatorum princeps, qui Drusi hospes erat, Catonem puerum rogavit ut Latinorum causam avunculo commendaret. Cato negavit id se[1] facturum ; Popedius iterum atque iterum efflagitavit, sed Cato inexorabilis mansit. Tum Popedius iratus puerum comprehendit eique declaravit se illum ex alta domo præcipitaturum esse nisi precibus obtemperaret. Cum Cato ne minimum quidem metum ostenderet, Popedius exclamavit : « Gratulemur nobis, Latini, hunc esse puerum ; si enim senator esset, ne spem quidem haberemus obtinendi ea quæ petimus. »

[Élève, p. 201] **215. Exercice.**

1. Une paix assurée est meilleure et plus sûre qu'une victoire espérée. — 2. Personne ne fut jamais à qui que ce soit plus cher ou plus agréable que toi à moi (que tu ne me l'es). — 3. Tu as dit toutes ces choses plus subtilement que clairement (avec plus de finesse que de clarté). — 4. La patrie ne doit pas être moins chère aux hommes que les parents aux fils. — 5. Les hommes ne se réjouissent pas moins des louanges que des récompenses (les hommes n'aiment pas moins les louanges...). — 6. Dans cette charge, Hannibal se servit du même zèle (déploya le même zèle) que dans la guerre. — 7. On doit faire la guerre avec une tout autre méthode qu'on ne l'a faite auparavant. — 8. La chose tourna autrement que je ne pensais. — 9. Conserve le même cœur (les mêmes sentiments) que tu as eu (eus) autrefois. — 10. Ceci tendait à un tout autre but qu'ils ne croyaient.

---

1. § 221. Règle.

TABLE DES MATIÈRES

DEVOIRS EN TEXTE SUIVI

Paris. — Imp. E. Capiomont et Cie, rue de Seine, 57.